JN111495

かたりべ
大浦ふみ子
光陽出版社

かたりべ

一

梅雨が明けたばかりの夏の初め、瑞々しい楠の新緑に見とれながら石畳の坂道を上っていくと、割れんばかりの蝉時雨が松山英司《まつやまえいじ》を圧倒する。三叉路から赤煉瓦の長い壁に沿ってさらに上ると、小高い丘の上に、外国の修道院を思わせる白い頑丈な造りの男子校、星望学園が見えてくる。英司はこの春からそこで非正規の講師として週に三回英語を教えている。

通用門を入ると、薄紫の花をつけた梅檀《せんだん》の木が、かぐわしい香りで迎えてくれた。

渡り廊下を通って職員室に向かっていると、食堂の方から歩いてきた中背で童顔、社会科の教師外尾常夫《ほかおつねお》が声をかけてくる。

「やあ、三日ぶりかな。柳永守《ユヨンス》の証言聞くの、きょうなんだけど、参加してくれるよね」

内側から光が射すようなこの笑顔はどこからくるのだろう。天下無双だ、と思いつつ答える。

「あ、そうでしたね。出ますよ」

「だったらさ、記録係、やってくれないかな」

「メモを取ればいいんでしょ。やらせていただきます」

これもあっさり引き受ける。しかし正直なところ、あまり気は進まない。

長崎に住んでまだ数ヵ月だが、この地は被爆者やその二世が多いせいか、平和運動に熱心な人が多い。僻みかもしれないが、そのいずれでもなく他所者でもある英司は時折、部外者のように感じる時がある。しかも、きょう、外尾が顧問をしている演劇部が、台本作りの勉強のためにと招く被爆者は韓国人だ。彼を推したのは、台本の創作もてがけている部長の白石遼《しらいしりょう》だそうだが、〈被爆後半世紀以上がたち、ここらであまり知られていない韓国・朝鮮の被爆者の話を聞いてみたい〉と主張したのだそうだ。

これには前段があって、毎年、演劇部では男だけでできる台本選びに苦労しているという。何を演《や》ろうかと探しているうちに白石が、自分がオリジナルを書くと言い出した。彼は、爆心地の浦上で生まれ育ったせいで、原爆、戦争が頭から抜けない人間だが、最近よくマスコミで取り上げられている柳永守に注目したようだ。柳は、長崎港沖の端島《はしま》炭鉱で強制的に働かされ、後に三菱造船所のドックで作業中に被爆、さらに遺体収容のため爆心地に入った人だ。これを英司に話す時、外尾はちょっと当惑気味だった。

〈ま、生徒に引っぱられるかたちで乗ったがね。原爆ものは、いつになっても生々しくって、馴れんのよ。とくにこの土地では扱いにくいというか、引っ掛かるの。だけど、生徒の自主性は大切にしたいし、演出も任せることになりそうだなあ〉

ところが、三日もたたないうちにのめり込んでいる様子で、目の色が変わってきた。職員室の窓側の、向かい合った席なのでそれがよくわかる。その日、外尾は、〈弱ったよ。女性が一人要る〉といって何か落ち着かない様子だった。

どうしたのか、と訊くと、生徒の書いた台本のあらすじを読むと、女性が一人出てくる。大事な役柄なのでカットはできない。それで女子校に交渉したところ、趣旨はわかるが、練習は夜になるでしょうから、と断られた。仕方なく部員の誰かを女性に仕立ててやろうとしたが適任者がいない。そこで、白石が目を留めたのが新任の英語教師だった。

〈つまり、松山先生、あなたですよ。いたずら坊主にからかわれて顔を赤らめたりするところなんざ、かわいいし、声も柔らかい。この人に演じてほしいと思った、と言うんですな。どうです。協力してやってくれませんか。わたしからもお願いします〉

聞いたとたん、とんでもない、と答えた。何でそんなことまでしなくてはならないのだ。白石が自分で演じればいいじゃないか、とも言った。ちなみに彼は色白で眉目秀麗な男子である。しかし外尾はなかなか引き下がらなかった。その女性は、遊郭にいる朝鮮人の酌婦で、身投げしようと潮受け堤防に上った時、主人公の朝鮮人徴用工に会い言葉を交わす役柄だ。古里を偲び、二人で童謡を歌う場面もある。百八十センチもある筋肉質の彼では様にならない……。説得をされるうちに英司はだんだんその気になってきた。結果として首を縦にふっていた。これまで英司は、お隣の国の韓国・朝鮮については無知に等しく、どちらかといえば避けて通りがちだった。これを機会に、その歴史を学び直すのもいいか、とも思った。

その夕べ、柳永守は刈り上げた頭に背広、ネクタイというきちっとした姿で現れた。

痩せて小柄だが、顔だけは大きい。広い額にくぼんだ目、引きしまった口元のせいか気が強そうに見える。

「わたし、韓国の慶尚南道《キョンサンナンド》の生まれ。十四のときです。畑の麦踏みしてると、顔見知りの役場の書記と巡査、来て、『お前、日本へ行くんだ』と言って無理やりトラック、乗せられて……」

　熱っぽく張りのある声で語りだす柳の言葉には母国のなまりが、残っていた。ちょっと気後れしつつ英司は手元のノートを広げる。この日、柳永守が語った要旨は次のようなものだ。

――端島炭鉱には三百人が連行され、その中には同郷の幼なじみの一つ年上の少年もいた。彼は山の中を逃げ回ったが、結局は捕まえられてトラックに乗せられたそうだ。炭鉱では十二時間から十五時間働かされ、日の光を拝む時はなかった。しかもその食事が、豆かすに玄米が少し混じったものというひどいもので、下痢のため日に日に体が弱っていった。体調が悪く休ませてほしいと申し出ると、労務の部屋に引っぱって行かれ気を失うまで殴られた。周囲は波の荒い海なので逃げることもかなわず、あまりのつらさに毎日死ぬことばかり考えていた。三ヵ月後に、三百人の仲間とともに長崎港に面した三菱造船所に移され、熱した鋲を打ち込んで鉄板を接合する鋲鋲《かしめ》という作業をさせられた。ここでの軍艦造りもやはり重労働だったが、救いは幸町にあった寮の食事が端島炭鉱とは段違いによかったことだ。白米の飯に馬肉や鯨が付き味噌汁には野菜が入っていた。

八月九日は、造船所のドックで作業中に被爆した。鉄板は吹き飛び、一緒にいた仲間はかなりの数その下敷きになったが、柳は左足先のけがですんだ。

幸町寮は焼け、木鉢寮に移されたが、三日後には爆心地方面での遺体回収に駆り出された。丸裸の体一面にうじが湧いて、臭いがものすごかった。初めはどうしても触れなかった。サボらずにやれ。さっさとやらんか、と引率者に叱られ、恐る恐るとりかかった……。被爆のせいとしか思えないが、その後、体はぼろぼろになった。二度と原爆は使ってほしくないし、戦争も起こしてはならない。

講話の後はコーヒーを飲みながらの雑談になったのだが、そこで英司は頭をがんと殴られたような驚くべき言葉を聞かされることになる。柳はこう言った。

「原爆は恐ろしい。二度と使ってはならない。でも、原爆が落とされなかったら日本はまだ戦争を続けていたでしょう。そしたら朝鮮の解放は遅れ、もっと多くの仲間が強制労働や徴兵で死んでる。これ、間違いない。だから、はっきり言って、わたし、原爆が落とされてよかったと思ってます」

原爆が落とされてよかったなんて、こんなことを言ってよいのだろうか。

その言い草が英司にとって衝撃的だったように生徒たちにとってもそうだっただろうと思いあたりを見回す。やっぱり白石を含め全員が強張った表情をしている。しいんとしたなか、外尾がとりなすように言った。

「それは……植民地にされた国の人から見れば、被爆は数多い苦難の中の一つだった、ということでしょうか……」

ここでメモする手を休め、英司は柳の青白い顔を見やる。柳は、ああ、と小さく呻いた。そして、強い調子でまたこんなことを言い始めるのだった。

「はっきり言って、戦後ずっと日本で暮らしてきてですね、原爆より民族差別の方が恐ろしかったです。ここにおられる生徒の皆さんも、朝鮮人がなぜこんなにいっぱい日本に居て、長崎では二万人も被爆したのかご存じないかもしれませんね」

言われてみて、はっとした。生徒だけでなく教師である英司もそれを知らなかった。そうなのか。この長崎ではそんなに大勢の朝鮮人が被爆したのか。

柳はさらに、この機会に言っておきたいと思ったのか、くぼんだ目に力をこめ、時には拳を突き出したりしながら、反原爆とともに民族差別のない平和な社会を何としても実現してほしいものだ、と力説する。

メモをとるうちに英司は、どうもこちらが責められているような気分になってきた。どうやら自分は韓国・朝鮮のことをあまりにも知らないで過ごしてきた。そのことが急に恥ずかしいことに思われてきたのだ。

二

同居している祖父といくつかの老人ホームを見てまわった帰りだった。尿意を

告げる祖父のため爆心地公園の隅に向かっていると、

「こんな体に誰がした。健康返せ。青春返せ。人生返せ。わたし、言いたい……」

聞き覚えのある、熱っぽい男性の声が耳に届いた。見ると、崖下の植え込みの中に立つ「原爆朝鮮人犠牲者の碑」を背にしゃべっているのはあの、柳だった。彼の前には他県から来たらしい修学旅行生が集い、真剣な態度で聞き入っている様子だ。

——あの日にね、朝鮮人、一万人も爆死したの。わたし、命助かったけど、幸町の寮にいた非番の仲間、たぶん皆、死んだと思う。爆心地に近かったから……。

英司は立ち止まり、「じいちゃん、僕、ここで待ってるから」と声をかけ、生徒たちの後ろにそっと立つ。側の掲示板の文字を目で追うと、こんな記述がある。

《……長崎市周辺には約三万数千人の朝鮮人が存在し、三菱系列の造船所、製鋼所、電機、兵器工場などの事業所や周辺地区の防空壕掘り、埋め立て工事で強制労働させられ、……アメリカ軍の原爆で二万人が被爆し、約一万人が爆死した。かつて日本が朝鮮を武力で威かくし、植民地化し、強制連行し、虐待酷使し、遂に原爆死に至らしめた責任は……》

読み進むうちに胸のあたりにものがつかえたようになる。そうだった。日本はかつて朝鮮を植民地にしていた……。

柳の語りは続いている。

――原爆はむごいね。でも、わたしにとって、その前の端島炭鉱で働かされていた時がもっとつらかったよ。そこは監獄島ね。豆かすのご飯が体に合わなくて、毎日下痢して、骨と皮になったけど、仕事、休ませてくれないの。朝鮮半島の方見て、毎日死ぬことばかり考えてたよ。もし造船所に移されなかったら、わたし、端島で死んでた、思う……。

腹の底からマグマが噴き出すように早口でしゃべるその一生懸命な様子。英司は息もつかずに耳を傾けていた。そしてまたも自分が責められているような気分になっていた。

――でもね、平和で差別のない社会の未来は、あなたたち若者にかかってる。これ、わたしの一番言いたいこと。あなたたちが希望よ……。

拍手に包まれて少年のように頬を赤くし、深々と頭を下げる柳。何か美しい光景に出会ったような気がして、英司も拍手を惜しまない。

そこへ、祖父が戻ってきた。停めている車の方に並んで歩き出すと、「違うんだよな」とつぶやく。「えっ、何が」と聞き返すと、「あの朝鮮人の言っていることとさ、信用できないってこと」吐き捨てるような口調で言う。

「どこが違うんだよ。じいちゃん、なぜそんなこと言うの」

つい口をとがらせる。

すると祖父は、「朝鮮人は嘘をつくってことさ」と苦虫をかみつぶしたような顔でなおも言うのだった。「幸町の宿所に半島人の徴用工なんていなかった。あそこには捕虜と囚人が収容されてたんだ」

そう言う祖父は少年の頃から三菱造船所で働いてきた。出征していたため原爆には遭わなかったが、会社の事情には通じていただろう。当時、半島人と呼ばれていたという朝鮮人徴用工は祖父が言うようにそこにはいなかったのだろうか。だとすれば、柳の証言はどこまで信じてよいかわからないことになる。朝鮮人は嘘をつく、なんて決めつけていいはずがない、と思いつつも英司が何も言い返せずにいると、祖父は続ける。

「そもそも半島人の寮で、白米の飯に肉や魚が出たなんてありえん。日本人が芋やかぼちゃの代用食を食ってた時代だぞ。わしは別の半島人から聞いた。豆かすやイモの茎、豚の餌のようなものを食わされ、いつも腹を空かしとったってな。そればかりか」

いつになくむきになって祖父は言い募る。

「あの男の証言は、何度も読んだり聞いたりしたが、その細部というのがちょっとずつ違う。それは作り話だからそうなる」

　これに対し英司は柳のために抗弁した。

「彼は三菱造船所が証人になって被爆者手帳を手にしてるんだよ。その時、そこで働いていたのは間違いない。細かいところで少しぐらい矛盾があっても証言の重みに変わりはないさ」

　すると祖父は気色ばんで言い放つのだった。

「被爆者手帳だと？　好かんのよ、わしはそういうのが。公的援助まで受けて外国人が日本に居るのは、税金泥棒じゃろが」

「あきれたな。じいちゃん、そんなふうに思ってるなんて……」

　車を発進させてからはもう何も言わなかったが、祖父がこういう偏見を持っているとは意外だった。一方、几帳面で曲がったことが嫌いだった祖父の言葉は、ちょっと気になることとして頭の隅に残った。

　家に帰ると、買ってきた巻き寿司とインスタントのチャンポンで夕食を取りながら、この日のホーム巡りで気に入った所はなかったか、と訊いた。祖父はいつもの渋い表情のまま、「ないね。人間をやめたくなったら、どこにだって入るさ」と答えた。英司はそれ以上そのことには触れなかったが内心は複雑だった。祖母亡きあと祖父は、八十を超えたのを機会に有料老人ホームに入っていた。ところが、〈収容所に入れられているようだ〉とすぐにそこを飛び出し、家に戻った。最近は目が少し不自由になり、この古い家を売ってマンションに移るか、どこかよいホームがあれば入ってもよいが、と迷っている。

英司としては、佐世保で働く母の頼みもあり、家賃がいらず助かるしで同居を始めた。だが、年齢や考え方の違う男二人の生活をいつまで続けられるか自信がない。

掃除をしないとすぐ綿ぼこりの溜まる部屋は六つあるし、祖父がよく注文する特産品の空箱はあたりに積み重なっていくばかりだ。きょうは仕事が休めない母の代わりに三つのホームを一緒に見学させてもらったが、どこにも入る気はないらしい。食事を終えた祖父がほうじ茶を自分で淹れながら言った。

「風呂が沸いとるが先に入らんか」

うん。返事をして立ち上がったが、その風呂場というのも、いつ掃除をしたことか。

床も桶もぬるぬるしており、タイルの壁にはよくなめくじが這っている。いつだったかは、脚長蜂が入り込んでいてあわてた。祖父は百五十坪の敷地に果実の生る木や薬草を植えるのが趣味で、そういう生きものも寄ってくるのだろうが、マンション育ちの英司としては決して気持ちのよいものではない。

おまけにきょうのように「朝鮮人は嘘をつく」などという差別的言葉を吐かれると、やっぱり嫌な気持ちになる。風呂場に向かいつつ今になってふつふつと湧いてくるものがあるのだった。

三

　どうも頭がもやもやしているせいだろう。職員室から眺める楠の緑がきょうはやけにたけだけしく映る。フランス系のカトリック修道会が経営するこの学校は自由でコスモポリタンな雰囲気があり、それは好もしいのだが、男子校のせいか教員を教員とも思わない生徒が少なからずいるのには閉口する。

　ついさっきの授業でも、もともと自信のない英会話の発音にいちゃもんをつけてきた生徒がいた。英司は教師のくせにどうもその巻き舌の発音がうまくできないのだ。その男子はしきりに首をかしげて〈センセ、少し違うっスよ。こうじゃないっスか〉と言って流暢な発音でそのフレーズをしゃべってみせた。〈ま、外国語ってのは、通じるかどうかが第一だから〉とかなんとか言って逃げたが、〈ダッセーつうの〉と野次も飛び、冷や汗ものだった。

――父がそうだったからと、自分も英語教師になったのは安易だったかもしれない。

その思いがまた湧く。

この日の授業はもうない。食堂で安い定食を食べようか、どうしようかと迷っていたが、その生徒たちの顔が浮かび、職員室を出た英司の足はいつか通用門に向かっている。

坂を下りた所に路面電車の電停があり、ちょうどこの街の中心を突っ切るのが走り込んできた。それを見ると英司の足は自然にそちらに向かう。このまま家に帰りたくはないし、終点まで乗っても百円という電車に乗って、当てもなくこの街の姿に触れるのもいいかなと思う。吊り革につかまり、目の前を流れていく商店の看板を見ているうちに終点に着いた。

交差点を渡り、これまで行ったことのない山手の方に向かう。しばらく行くと、青々とした水を湛えた大きな溜め池が見えてきた。浦上水源地に違いない。

その側を歩き、行き止まりで引き返そうとした時だった。「立ち寄り湯処　道の尾温泉」の看板が目に留まった。〈創業明治元年〉としてあり、鄙びた感じだ。こんな近場に温泉があったのか。たまには広々とした風呂に入るのもいいな。そう思ってその建物の古びたドアを押した。

靴を下駄箱に収め階段を上ると受付に中年の女性が一人おり、食事をする場所や寝ころぶコーナーがあるのが見渡せた。タオルを借りて中に入る。浴室の戸を開くと、平日のせいか、客は数人しかいない。湯舟に体を沈め壁の効能書きを読もうとした時だった。隅の方で半身浴をしている痩せぎすの男性がいるのに気づいた。苦痛に耐えてでもいるような伏目がちの表情……。何と柳だった。こんな所で会おうとは思わなかった。この街は狭い。

「先日はどうも……。ここにはよく来るんですか」と話しかけたところ、初めは誰かわからないようだったが、少し間をおいて、思い出してくれた。「温泉《オンチョン》は体にいい。たまに来るよ。ここ、広くて、いいお湯湧く」とつぶやくように言う。

「ほんと、気持ちいいねえ」首までつかると、見上げるかたちになる柳の体の大小の傷跡がいやでも目に入る。そっと目を逸らす。一呼吸おいて、「体の具合、やっぱりよくないんですか」と訊く。柳は淡々と答える。「わたしの肺、上半分無いの。あちこち悪くて、病気の百貨店。でも、心は健康でいたい、思ってる」その表情は穏やかで、強制連行や被爆を語る時とは別人のようだ。さらに訊いてみたくなった。

「幸町寮の風呂場って、やっぱり広かったでしょうね」

「うん。広かったよ。でも人数多いから芋の子洗うみたい」

と柳は答える。そして遠くを見つめるような目になって続ける。

——仲間は皆、同じ年ごろだったし、お湯かけ合ってふざけたり、暴れたり、脱衣場でこっそり花札やったり、監視するやつらも風呂場までは踏み込まないし、そう、風呂場は仲間のぬくもりを感じる場所だった。

聞いているうちに英司は祖父の疑いを思い出し寮の食事についても訊いてみた

かったが思いとどまった。リンチや手術の跡だろう、柳の体に刻まれた生々しい傷跡を見てしまったのだ。どれほど痛めつけられたかわからないこの人の証言をちょっとでも疑うようなことは口にしたくなかった。しかしそれを目にしたことで柳についてもっと知りたい思いが募るのを覚えた。

この時、どやどやと数人の男たちが入ってきて、入れ替わるように柳は湯船を出、浴室を出て行った。英司はせっかく来たのだからと、熱い方の湯船に移ったり、水風呂につかってみたりして楽しんだ後、冷たい牛乳を手に休憩コーナーに向かった。すると、隅の方にナップザックを枕にして横になっている柳がいた。

「いい湯で、くさくさしてたのがすっきりしました」

言いながら、英司がすぐ横の座卓にあぐらをかくと、「人の幸せで、一番必要なもの、何でしょね」と、英司が来るのを待っていたように話しかけてくる。

「さあ。愛する人がいるとか、信じる思想を持ってるとか、人それぞれじゃないですか」

英司が答えると、柳は考え深そうな目をして言うのだった。

「わたしは断然、平和ですよ。日本に連れてこられ、強制的に働かされ、原爆にも遭った。でも、戦後、日本はずっと平和だった。あなた、わたしの息子と同世代のようだが、いい時代だったかどうかは別として、ま、平和でしたね」

「はあ。いい時代に生まれたね」

と英司は相づちを打つ。

「人の幸せで、次に必要なこと、わたし、差別のない社会だと思う」

と柳はここでゆっくり起きあがると続ける。

「わたしが韓国人だから、妻も子どももつらい目に遭ったとかで……」

柳が語るには、子どもの母親は福祉の仕事をしていた娘のように年若い日本人女性で、病いに苦しむ柳をよく支えてくれた。しかし同居し子どもが生まれても韓国籍の柳の正式な妻になろうとはしなかった。そして子どもは、中学生になった頃から自分の生まれについて悩み始め、結果として父親に悪罵を浴びせ、母親とともに家を飛び出してしまった。それ以来柳は一人暮らしをしているというが、こちらをまじまじと見つめつつこんなことを言い出す。

「あなたの顔、見てると、息子のこと思い出すよ。似てるの。女の子のようにやさしい顔で、笑うと目がなくなる」

それでつい身世打鈴《シンセタリョン》、つまり身の上話をしたくなったと明かす。

——失礼だが、あなたの年は？　あ、二十五、だったらやっぱり息子と同じだ。この子がグレて、やくざになると言った時、カッとして張り倒してやろうと拳を振り上げた。ところが体は向こうが二倍もでかい。情けないことにこちらがこそ逃げ出した……。

自分の子どもに似ているので英司に親しみを感じたのだろうか。柳は、普通は表にしないだろう、そんなことをしゃべり出し、すぐには離してくれそうにない。

しかし、英司にとってもそれは幸いだった。

柳の身上話には、ついつい引き込まれるものがあったからだ。柳に子どもがいたことを初めて聞くが、息子さんの身になってみると、悩まずにはいられなかっただろうと思う。

「妻にも子どもにも棄てられたかたちね」と柳の話は続いている。

「でも、これ、仕方ない。妻とは年が離れてて話、合わなかったし……。わたし、もっと悲しかったのは自分の親に棄てられた時よ。母と引き離された時、涙が枯れるまで泣いたよ」

これはまさに身の上話だ。それにしても親に棄てられたとは、どんな事情があったのだろうか。

つい耳をそばだてる。

しかし柳は「こんな女々しい話、もうやめようね」と言って口をつぐみ、テーブルの上の麦茶のボトルに手を伸ばす。

英司は頼んだ。よかったら、せっかくの機会だからもっといろいろその身世打鈴を聞かせてほしい。そしてここで、演劇部の生徒が柳をモデルにした劇作りを準備していることを伝えた。

「それもあって、柳さんのこと、丸ごと知っておきたいのですよ」

すると柳は「それ、ほんと？　嬉しいね」と喜び、こう言ってくれた。

「わかった。語りたいこと、わたし、いっぱい、いっぱいある。場所を変えましょ」

四

柳が案内してくれたのは、近くの商店街の路地裏にある焼肉店だった。開き戸をあけると、頬が豊かで活発な感じの年配の女性が迎えた。

――いらっしゃい。しばらく顔見なかったけど、また痩せたんじゃない？　こちらの若い人は……息子さんじゃないね。

――あいつ、大阪あたりにいるらしいけど……すべてわたしが悪いらしくて……。

――そんなこともないだろうけど。それはそうと、最近、ヨンさん、よくテレビに出てるね。

――テレビだけじゃないよ。新聞記者にも追っかけられてる。わたし、被爆証言、大事思うし、取材、断らないようにしてるから。

――ヨンさんは体、弱ってるのにね。マスコミに潰されなきゃいいけど。

――大丈夫。まだ食べもの、おいしいから。きょうも、いつものビビンバ、作ってよ。そしてこの若い人には焼き肉ね。じゃ。

料理を注文し、話を切り上げると柳はやおらナップザックを下ろす。そしてゆっくりした足どりで奥へ向かう。突き当たりの板戸を左右に開く。なるほど奥にもうひとつ小さな部屋があった。先に入った柳に手招きされ、英司も靴を脱いで上がる。丸い座卓に向かい合って座る。

柳は、しみじみとした口調で言う。

「人が年とると、いつ何があるか、わからない。だから、わたし、いつか、子どもに読んでほしくて、自分史書きたい思ってた。でも、わたし、字が書けない。学校、行ってないから。その代わり、わたし、しゃべる。聞いてくれる人がいるなら何でもしゃべる。劇にしてくれる生徒さんいるの、嬉しい」

再びそう言って喜び、柳は、「わたしの父親《アボジ》はね、昭和の初め、日本に来たの」と語り出す。

――名古屋にあった紡績工場の朝鮮人寮の舎監をしていたが、寮生の娘と恋仲になり、柳と妹が生まれた。子ども二人を連れて古里に帰ったところ、両班《ヤンバン》（封健時代の支配階級）気質の抜けない祖父は、家風に合わないからと母親を家に入れなかった。父親は祖父の勧める家柄のよい娘と結婚してまた名古屋に戻った。柳と妹は祖父母に育てられたが、その祖父が七歳の時に亡くなると、土地は大叔父のものになり、柳はその養子になって小さいうちから農作業をさせられた。妹は別の親戚に引き取られたが、十三歳の時にやはり日本に連れていかれた。

ここで柳は言葉を途切らせ、やっと聞こえるような小声で続ける。

――ここのハルモニ（おばあさん）は、紡績工場で働いてもらうと騙されて十五歳のとき連れてこられ、戸町の遊郭街に叩き込まれた。丸山から丘一つ越えた出雲町にもそんな所があって、多くの朝鮮人女性が男たちの相手をさせられていた。妹も多分そんなことになったのではないかと、それとなく調べてみたこともある。しかし何もわからなかった。

聞いているうちに英司はまた、責められるような、謝らなければならないような気分になってくる。そうだったのだ。柳と同じように強制的に連れてこられた朝鮮人の少女たちも軍需工場などで働かされたが、それだけでなく慰安婦や酌婦にされた者も少なくなかったのだ。

英司が演じることになっている端島の酌婦もそういう少女だったのかもしれない。白石が長崎駅の近くにある「高麗資料館」を訪ねて調べたところ、その島には三軒の遊郭があったそうだ。そしてそこには、かなりの数の朝鮮人の女性がいて、クレゾールで自殺した者もいたという。日本人の男として、どんな気持ちをこめてそういう女性を演じればいいのだろうか。沈思する英司の目の前に、派手な着物を着崩して偽りの媚を売る、やつれた年若い女性の顔が浮かぶ。この役作りをし演じてみることで植民地だった国の人の苦しみにちょっとでも近づけるだろうか。

——お待ちどうさん。

ビビンバと焼き肉を運んできた女性が、何をこそこそしゃべってたの、と言って二人の顔を見比べる。

「ここのハルモニはね、若い頃、美人だったって話してたの」柳がいうと、女性は、「いやぁ、娘のわたし、似てなくてすみませんね」と言って、アハハと笑う。

早速、ビールで乾杯をし、匙でかきまぜたビビンバを口にしたとたん、柳がむせ始めた。大丈夫ですか、と声をかけると、わたし、喉も、悪いからね、と苦しそうに答えて匙を置く。

――ゆっくり、よく噛んで食べないからよ。カウンターの向こうから女性が声をかける。

「アイゴー。いつも、それ忘れて、急ぐ」

柳は再び匙を手にすると、こんどは、ゆっくりした動きで、おいしい、を連発しながら食べ始めた。英司の前に置かれた焼き肉もジューシーで柔らかく申し分なかった。

時間をかけて食べ終わると、食後の茶を飲みながら柳は、「どんなにつらい、悲しいことあった時でも、わたし、食べること大事にする。それ、生き抜くためだから」と言い、自分を納得させるようにうなずく。

そして身世打鈴の続きを語り始めた。

――これまで生きてきて何より悲しかったこと、それはさっきも言ったけど、やっぱり母と引き離されたことだ。

母のことはいくつになっても夜になると思い出す。家にも入れてもらえなかった母は小さな風呂敷包み一つをもって満州方面に流れていったそうだが、行方は知れない。

ここで柳は拳にした手を口元に近づけ、コホコホと小さな咳をし、低い声で歌い出す。

〈ホバッコッ　ペヌン（かぼちゃの花咲く）　ネ　コヤン（わたしの古里）〉

「わたし、母の歌ってくれたこの子守歌、今でもよく覚えてるよ。高い澄んだ声の人だったよ」

語りながら柳の目がいつか潤んでいる。

そういう彼に英司は言った。

「その歌いいですね。僕、覚えたいな。もう一度歌ってくれませんか」

柳はうなずくと歌い出し、途中からカウンターの向こうの女性も加わる。

拍子をとりながら英司は、堤防の上で口ずさむ歌はこれにしようと決めた。何度か歌ってもらい、英司が歌詞をメモし終えると、柳は急に改まった表情になり、「これ、身世打鈴じゃないけど、じつは頼みがあるんです」と言う。

「この頃よく夢に出てきてね、『サルリョ、ジュショ（助けてくれ）』って泣く仲間がいるの。もし生きてたら彼に会いたい。生きてるかどうかだけでも知りたい。何とかならないだろうか」

その人は同郷の幼なじみで一歳上、被爆時は幸町の寮にいたそうだ。学校に行っているので日本語がうまく一緒に逃げる約束もしていたという。

「これだけわたし、マスコミで目立ってるのに何の連絡もない。多分あの時、死んだのでしょ。でも、もしかしたら生きてるかもしれない。それ、わかる方法ないですか。彼、体、でかくてね。顔はどちらかと言うとモンゴル系です」

英司は、ううん、と呻った。しばらく考えてから「心当たりがないこともないから、一応調べてみましょうかね」と答える。そして柳が捜している人の名前を手帳に書き留めながら、幸町の寮はどんな所だったか、と訊いてみる。

「どんなもこんなも、刑務所のように高い塀に囲まれて正門には兵隊が銃を持って立ってたよ」と柳は答える。

――隣の棟には捕虜が入っていたが、話をするのは禁じられていた。この寮を朝七時半に出て造船所に向かうのだが、ちょっとでも列からはみ出すと、兵隊が飛んできて軍靴で蹴った。週に一日、休みはあったが外出禁止だった……。しかし、楽しいこともあった。その幼なじみは同じ部屋で班長だったたし、何かと気にかけてくれた……。

聞き飽きない語りに時を忘れているうちに閉店の時間になった。

その捜している人のこと、何かわかったら知らせる約束をして店の前で柳と別れた。

電停に向かって歩きながら英司はいつになく自分の足が軽いのを感じていた。

五

次の日、朝起きるとすぐに英司は、二階にある祖父の書斎に入り込み、幸町寮のことを調べ始めた。

昨夜、柳に、当てがある、と言ったのは、造船所の管理部門にいた祖父の書斎には、社史などの資料が揃っているようだったし、それをひもといていけば、かなりのことがわかると思ったからだ。

何より柳の人捜しを手伝いたかったし、〈あの男の言っていることは嘘だ〉という祖父の偏見を覆したくもあった。

しかし書斎は整理が行き届いておらず、天井まで届く作り付けの書棚には、経済誌や法律書、庭木の育て方などの本が雑然と並び、あちらこちらに造船所関係のものが挟まっているというところだ。

まず、柳たちの飯場だったという幸町寮を捜すことにする。市が発行している原爆戦災誌が目に入ったので、それを開く。しかし、幸町工場横に捕虜収容所と囚人部隊宿舎が並んでいたとはしるしてあるが、朝鮮人徴用工の寮があったとの記述はない。

また、造船所における徴用工の死傷者は不明としか書かれていなかった。柳の話では、〈隣の棟には、捕虜がいた〉とのことなので、柳たちは日本人の囚人部隊と同じ棟に入れられていたのかもしれない。そう判断し祖父の思い込みを少し覆した気分になる。

つづいて造船所ＯＢらがつづった文集『原爆前後』が四十巻あまりもあるのに気づいた。

セピア色に褪せたその一冊を抜き取る。頁をめくっていくうち、組長職にあった人のこんな記述にぶつかる。

――戦局もあやしくなり徴用された日本人工員も次から次へと応召して戦地へ狩

り出されていった。人不足となったその補充にはまず学徒が動員され、次には半島人、捕虜、そしてついに囚人まで動員されるようになった。また海軍の兵隊が日夜駐屯して監視、うっかりしているとわれらに剣先を突きつけてくるので雨が降ってもブロックの下で雨やどりもできない。ほとんどが農村から来た、まだ少年のような馴れない半島人はかわいそうであった。――

この組長は、半島人という言葉をあちこちで使っている。そう、当時、朝鮮人徴用工は半島人と呼ばれていた。この組長はこうも記している。

――原爆投下を境に徴用工員たちはほとんどが逃げ帰った様子で、徴用解除を待って帰った者はごくわずかであった。――

逃げ帰った、の文字に、英司はほんの少し希望を感じた。幸町の寮にいた柳の探している人も生きているかもしれない。同じ棟にいたらしい囚人部隊の即死は二十四人、行方不明二十八人の記述もある。冊子を次々にめくっていき半島人と記してある箇所を探しているとこんなものが目に留まる。

――昭和十八年後半になると、半島人の徴用者が相当含まれるようになり小生の組にも四名の配属をうけた。そのうち二名はまったく日本語がわからず、手振り身振りで指導するが、らちがあかず困った。おまけにこれら若い半島人は例外なく空腹を訴えることははなはだしく、残業は二人分の食事をさせないとしないと駄々をこねたりする。悪いことではあったが、食堂方をごまかして彼等に二人分を与えたりした。思えば彼等もわが子と同じ育ち盛りの十代である。――

食事のことで思い出すのは、柳が〈幸町の寮では白米の飯に馬肉や鯨が出て端島炭鉱とは大違いだった〉と語っていたことだ。〈同じ三菱の会社なのにどうしてこんなに違うのか〉とも言っていた。幸町の寮については管理職にあった人のこういう記述もあった。

――十八年三月、インドネシア人の捕虜の炊事係として造船所の食堂から実直そうな責任者が一人派遣されてきた。……本国から油、砂糖、メリケン粉が送られてくる。金も送金してくるので一日おきに肉と魚を食べさせる。毎日水産場に荷車を引いて買い出しに行っていた。……その後、米国、オーストラリア、英国などの捕虜も加わったが、日本の兵隊並みのカロリーで食事を支給した。――

なるほど、それで隣の棟にいる柳たちも捕虜と同じ献立になったのかもしれない。そう判断することで祖父の誤った思い込みをまた退けた気分になる。さらに半島人について書かれたものを捜していくと、たまたま開いたその頁には、彼らの抵抗をしるす事件が綴られていた。それは、柳が被爆後逃れた所、木鉢寮で起こっており、そこの寮長だった人が記していた。

――七月三十一日には五百人もの半島人徴用工が一団となってボイラー付近や海岸に集まり出勤を拒否した。陰険な目付きと顔色は少々の説得では納まりそうにない。……室長や半島人の班長の中にも寮生に合流し反抗的言動を発し一大暴動にもなりかねない有様となった。集団での出勤拒否は事件である。他に方法がなく軍隊の出動を乞う。――

このような出勤拒否は福田町の寮でも起こっていた。

駆けつけた人が書いている。

――八月一日、どうしたことか。半島人徴用工が一人として工場に姿を現さない。私の配属下にある五十名ほどを説得するため福田寮に出かけた。途中ふと見上げると松林の中に真っ白の朝鮮服を着た十数人の人影が見えた。私の部下たちかもしれないが、先を急ぐ私は、なぜ敵機に目立つ白い服を、といぶかりつつも何も言わず通り過ぎた。寮監と面談、寮生と懇談会を催している時である。突然けたたましい空襲のサイレン。……もと来た道をとぼとぼ歩いて茶屋の前まで来ると、真っ白の朝鮮服をきた徴用工が眉間に爆弾の破片を受けて死んでいた。さっきの空襲でやられたのだ。その青年の姿に何ともいえぬ悲しみを覚え、立ち止まってしばらく黙とうした。――

読み進むうちに英司は胸がどきどきしてきた。強制的に連れてこられた彼らは精いっぱい抵抗し、そして他国の戦争のために悲惨な最後を迎えた者もいたのだ。

それにしても、柳の話では三百人もいたはずの幸町寮の徴用工のことはどこにも記述がない。〈違うんだ。嘘なんだ〉祖父の言葉がよみがえる。ゆっくり頭をふると、こんどは幸町工場周辺の被災状況を知るため、別の冊子に手を伸ばす。工場責任者が書いたものを見つけ文字を目で追う。

――わが幸町工場には捕虜百人と囚人三、四十人がいたが……八月九日、工場はもちろん捕虜と囚人の収容所もすべて焼け落ちた。壕に行ってみると、全身大火傷で肉はただれ、指の皮は両手ともはげて、だらりと下がって指の長さが倍ぐらいに見える全裸の大男が入口のところで両手を胸先にかかげ「水をくれ、水を」と言いながらうろうろ歩きまわっている。やりたいが、火傷に水は禁物と聞いていたので「そんなに歩いては駄目だ。黙って休んでいなさい」と言っても聞かないでまた歩き出す。翌朝壕の入口で死んでいるのを見て、どうせ死ぬのなら、水を与えてやればよかったと胸がいっぱいになった。うちの工場では見かけぬ半島人らしかった。――

英司はしばらくその半島人という文字にくぎづけになっていた。これはおそらく非番で寮にいた柳の仲間の一人だろう。大男だった、と書いてあるが、柳が探している人も大柄だ。

もしかしたら、その人だったかもしれない。

そう思うと一瞬、頭が真っ白になった。

われに返ると、一階居間の電話が鳴っている。碁会所に行っている祖父からだろうと思って下りていき、出ると、外尾からだった。

「急な話なんだけど……頼みがあるんですよ」

低い、遠慮がちな声だ。

「何でしょうか。僕にやれることでしたら」と答えると外尾は言う。

——あす、韓国人が二人、長崎に来る。韓国語のしゃべれるわたしはそのガイドをすることになった。この二人というのは、戦争中、端島炭鉱と三菱造船所にそれぞれ連行されてきた人たちだが、この旅では、自分たちがかつて働いたことのある場所に行ってみたいと希望している。それであちこち案内するのに車の運転をやってもらえないだろうか。

「お安いご用ですよ」

と英司は答えた。端島には一度上陸したいと思っていたし、三菱造船所で働いていた人にはぜひ会ってみたかった。

六

日曜日のこの日、外尾を拾うため浦上駅前広場に近づいていくと、彼の側にサングラスをかけたがっしりした体格の若者が立っていた。普段着なのですぐにはわからなかったが、白石だった。ドアを開け、君も来るのかと訊くと、この機を逃すことはないですから、とよく響くバリトンで答え、助手席に乗り込んできた。迎えのため空港に向かいつつ話しかける。

――君は何で演劇やるようになったの。

――柄じゃないってんですか。一年の時はサッカー部でしたよ。試合中にけがして腐ってる時、外尾先生から暇やったら見に来いと言われて初めて県大会の劇をじっくり観賞させてもらって、僕だったらもっとうまくやれる、と感想を言うと、お前、演劇部に入れって言われて、以来のめり込んで、自分で台本も書くようになったってわけで……え？　なぜ、柳永守を取り上げるのかって？　理由は簡単です。彼が好きだからです。老人なのに、少年のように純で、情熱的です。ずっと苦しめられてきた民族差別のことを臆せず力強く訴える姿に僕は惹き付けられます。どこに生まれても同じ地球人じゃないか。民族・文化の違いを越えて共存しようとの彼の「世界主義」は僕のものでもあります。だってこの僕も八分の一はロシア人の血が混じってるんですもの。理由はもう一つあります。じつは僕の祖母は浦上の被爆者なんですけど、家族を捜して歩き回っている時、燃えさかる家の材木の下敷きになって〈アイゴー　アイゴー〉と泣き叫ぶ顔見知りの朝鮮人の親子に出会《でくわ》したそうなんです。助けを求められたが、振り切って逃げた。そのことを後ろめたく思っていてずっと気にしていました。〈人手が足りないからと日本に連れてこられ、こき使われたあげく原爆にまで遭わせてしまった〉と自分のせいのように嘆いていました。浦上には兵器工場がいっぱいあって、工場疎開用のトンネル掘りや水源地造りも行われていた。そこで働かされていた朝鮮人とその家族が大勢住んでいたのです。それに僕のひいじいさんというのが、逃げてきた朝鮮人徴用工をかくまい、風呂に入れ、新しいシャツを与えて逃がしてやるような人だったそうです。祖母の膝の上でそういう話を聞きながら育った僕は戦争や原爆のことがいつも頭にあり……それで、こうすれば戦争は起こらないんじゃないかという芝居をこの手で書き、演じてみたいのです。

しゃべり出したら止まらない白石の歯切れのよい声を聞いているうちに空港に着いた。

出口に現れた韓国の老人は、一人はえらの張った顔の大柄な人で年代物らしいカメラを手にしていた。もう一人は対照的に小柄で、優しい顔立ちの人だ。

一とおりの挨拶を交わすと、後部座席の外尾の左右に座ってもらい、発進する。端島へは、長崎半島の野々串という所から釣り船で渡ることになっている。移動する車の中で外尾が二人にいろいろ質問する。そして彼らが語ったことをこんどは白石と英司のため、日本語に訳してくれる。それによると、この二人は同郷で、小柄な方の人が、やはり柳と同じ十四歳の時に、いきなり教練中の学校で捕まえられ、端島炭鉱に連れてこられたと語る。

――そこで二年半働かされたが、よく生きて帰れたと思う。九階建てビルの半地下にあるじめじめ湿った部屋が宿所で、毎日十二時間から十六時間働かされたが賃金はもらったことがない。おまけに豆かすのおにぎり二つが一日の食糧のすべてで倒れる者が続いた。仕事を終えて部屋に戻る時、足にけいれんが起こり、〈チュケッタ（死にそうだ）〉の悲鳴があちこちで起こった。生きるのが死ぬよりつらい日々で、海に飛び込んで逃げようと思ったが、自分は決行できなかった。

しかし逃げた者は少なくなかった。

桶を頭からかぶり、泳いではるか向こうの野々串を目指すのだが、ほとんど成功せず、漂流死体が何体も上がった。生きて連れ戻されると、島の北の端にあった労務の部屋で見せしめのための拷問が行われた……。

聞いているうちに英司のハンドルを握る手はいつかじっとり汗ばんでくる。こんなことは学校では教えてくれない。

やがて野々串に着き、待っていた小船に乗り込む。きょうはあいにく波が荒いね。漁師らしい船主がつぶやく。船が動き出し、時折、波しぶきを浴びながら遠くに見える端島へ向かう。目の前に迫ってくる端島は、なるほど軍艦島の呼び名があるように島全体が巨大な軍艦のようだ。戦前から三菱鉱業傘下の海底炭鉱があったこの島、閉山して久しいが今も周囲は高いコンクリートの防波堤に囲まれ、黒ずんだ高いビルが島全体に所狭しと林立している。端島に上陸してからも、見えるのはこのコンクリートのビルばかりだった。しかもビルの窓ガラスはほとんどが割れているし、床には茅などの雑草が生い繁っている。荒涼とした光景のなか、胸がオレンジ色の青い小鳥が飛んできて美しい声で鳴き始めた。何となくほっとする。

先に立って歩き始めた小柄な人が感慨深そうに語る。

――見て下さい。周りは高いコンクリートの堤防で囲まれ、見えるのは海だけ。この海の底でわたしらは炭を掘らされたのです。そこがまた腰を屈めて掘るしかない狭さで、暑くて苦しくて、ガスも溜まるし、そのせいか眠くなって……。

聞いているうちに、こちらまで息苦しくなってくる。柳が語ったとおりだ。その人は細いが力のこもった目で続ける。

「その上、落盤の危険もあります。月に四、五人はそれで死んでいました。まさに地獄ですよ。地獄。地獄」

叫ぶように言うと、やにわにその人は側の石段を危なっかしい足どりで上り始める。すぐに、堤防の上に立ったその人の声が、風に吹き消されながら届く。

「アイゴー、タヒヤン、サリ……」

外尾によると、それは望郷の詩のようなものだった。

——ああ、他郷暮らしのつらさよ。

古里の畑の麦はもう一尺にものびただろう。なぜこんな所に連れてこられたのか。自由を奪われてこれ以上、生きられようか。海に身を投じれば、古里に辿り着くだろうか。ああ、早くこんな奴隷暮らしにさよならしたいよ。——

白石が軽い身ごなしで堤防の上に駆け上がる。英司もゆっくり続く。そこから見下ろす海のただならぬ青黒さ。大きな波が岩に当たって、白く砕ける様は、のぞき込む者を脅しつけるようにたけだけしい。

この海に向かって数知れない朝鮮の若者たちが死を賭して飛び込んだのだ。

その人はしみじみとした調子で静かに語る。

——わたしは飛び込まなくてよかった。日本の敗戦が知らされると、万歳《マンセイ》、万歳《マンセイ》と叫び、仲間が借りた船で一ヵ月後、古里に帰った。家族は泣いて喜んでくれた。一年後には嫁をもらい、ウリやスイカを作って生計をたてた。今では四人の子と七人の孫に恵まれている。

それを聞いて思う。あの柳も帰郷していれば、こういう人生があったかもしれない。

白石は小型カメラを二人に向け、しきりにシャッターを切っている。

その人の道案内でかつての飯場跡などを見て回り、昼近くに一行は島を後にした。

陸に上がると、中華街で昼食をすませ、爆心地にある原爆資料館に案内した。ひととおり見終わったところで三菱造船所で働いていた人が言う。

――原爆の威力は恐ろしい。自分のいた木鉢寮にも被爆した仲間が大勢運ばれてきて次々に死んでいった。自分はたまたま非番で助かったが、次の日には救援のため爆心地に行かされ、残留放射能をいっぱい吸わされた。そのせいだろうが、古里に帰ってからはずっと体調不良に悩まされてきた。

その人はここまで一気にしゃべるとしばらく沈思していた。そしてやおら顔を上げると木鉢寮に案内してほしいと言う。死んだ仲間を偲び、ゆかりの場所、寮を写真に収めたいそうだ。しかし外尾の話では、八棟並んでいたその建物は十数年前に解体され、現在はスーパーや住宅地になっているという。そこには行かず、稲佐山の展望台から長崎の街全体を鳥瞰することになった。ロシア人墓地の横を通り稲佐山の頂上を目指す。テレビ局のアンテナが数本並ぶ場所で停車し、すぐ横にある展望台にエレベーターで上る。ドアが開くなりその人は三菱造船所を見下ろせる場所に立ち、叫ぶように言う。

「あそこだ。わたしが働いていたのは……。ああ、門型クレーンも見える。で、木鉢寮があった場所はどこだ?」

しかしその場所はちょうど山の陰になって見えない。わずかにショッピングモールの端らしい建物がのぞいているだけである。

その人は続ける。

「雨の日とか、けがして寝てる時、歌を歌って、自分を励ましたよ」

ここで歌い出すメロディーは聞き覚えのある朝鮮の古い歌だ。

〈アリラン　アリラン　アラリヨー……〉

途中で歌い止めたその人は言う。

――これは、無理やり連れられていく男を見送った女の想い歌だが、恨《ハン》の歌、抵抗の歌でもある。自分たちがいかに理不尽な目に遭わされているか、どうしたらこの峠を越えられるか、考えずにはおれなくなる。

うなずきつつ聞いていた英司は、木鉢寮でストライキがあった時、あなたも参加したのか、と訊いてみる。するとその人は真下にある三菱造船所をじっと睨むように見つめながら「もちろんです」と答えた。

「わたしらは二年とか一年の約束で連れてこられた。なのに満期になっても帰してくれない。怒って仕事したくなくなるの、当たり前じゃないですか。ストライキだけでなく、逃げるやつも次から次でした」

英司はうなずきつつ聞いていた。植民地とはいえ、人手不足だからと他国の人を徴用していて、そんな約束違反は許されないだろう。

「それにしてもきれいだなぁ、平和な時に見る長崎の町は……」

さっきから無言で下界を見下ろしていた小柄な人が言う。

――被爆後の道路整備のため何日かしてこの町に入ったが……その時はあまりにおどろおどろしくて言葉を失った。同時に、炎天下、自分の影がくっきり地面に映るのが不思議なものに見えた。なぜなら石炭掘りは真っ暗な中でやるし、地上にいるのは眠る間だけ。何年も自分の影を見ることがなかったからだ。

するとと大柄な人が何ともすっきりしない表情でつぶやく。

――確かに長崎の町はきれいなビルが建ち並び平和に見える。だが、戦前のように今も軍艦や兵器を造っている。二つの顔があるよ。

確かにそのとおりだ。話の途切れたその間を縫うように、ジャッジャッ、ケケケ、ケキョケキョ、木鉢寮のあった方角の谷間からウグイスの警戒するような地鳴きが上がってきた。

七

この日も午前中で授業は終わった。何かもの足りない気分で食堂へ行きチケットを買っていると、隅の方に座った外尾が手招きをしているのに気づいた。カレーライスをトレーにのせて近づいていくと、「先日は助かったよ」と言ってほほえむ。

その横に座り「あの二人の話、生々しかったです」と感想を言い、ついこう漏らす。

「ただ、どうも韓国・朝鮮の人に向き合うときに感じるこの後ろめたさ、謝らなければならないような気持ち、何とかならないものですかね」

すると外尾は、「以前はわたしもそうでした」と答え、いつもの笑顔になると、自分の場合は、韓国人と友だちになり率直な意見を交わすようにしていると語る。それで、先日会った二人ともすぐにうちとけ、その夜、彼らは外尾の家に民宿し、ゆっくり意見を交わすことができたそうだ。三菱造船所で働いていた人は韓国で原爆被害者の会に入っており、ぜひ在韓被爆者に会いに来てほしいと言った。それで外尾は夏休みに入るとすぐにでも訪ねていくつもりだった。ところが、たまたま受けた検査で胃に放っとけない腫瘍が見つかった。といっても、五ミリほどのごく初期のもので心配はいらない。妻の実家のある大分で切るつもりだが、そういうことでしばらくは演劇部の顧問の役割が果たせない。

「心配なのは、せっかく準備している劇を九月の文化祭で上演できるかってことなの」

聞いたところ、朝鮮人徴用工の群像を描くその台本はまだ仕上がっておらず、白石は端島に何度も行ってみたりして格闘中だそうだ。

「それで、手伝ってやってほしいの。ボキャブラリーの不足を彼、悩んでるからね」

こういう場合の、こういう頼みを断る方法があるだろうか。英司は生返事をし、外尾はそれを承諾と受け止めたようで、柳の古里に行った時のことを情報提供のつもりか話し出すのだった。

――もう四年も前のことになるが、柳はその村で、強制連行された現場の麦畑や生家の跡に立つことができた。日本軍に取り上げられないよう米を隠した穴のあとや強いられて松やにを取った裏山もそのままあった。しかし村人に柳を知る人はおらず、係累の係累をたどって親類の人を訪ね歩き、遠い親戚にあたる人をやっと見つけ、家に寄らしてほしい、と頼んだが、聞き入れてはもらえなかった。

〈わたし、浦島太郎ね〉そう言ってうなだれる柳をどう慰めてよいかわからなかった。

外尾の話を聞きながら、また、英司は思う。

――五十年ぶりに帰ったらそういうことになるだろう。柳はなぜ解放後すぐ母国に帰らなかったのだろうか。

うどんを食べ終わった外尾は、そろそろ行かなきゃ、と言って立ち上がった。しかしトレーをかかえ歩き出したところで何かを思い出したように立ち止まる。こちらに顔だけ振り向けて言う。

「そうだ。松山先生、あなた韓国語を覚えませんか。韓国人と仲よくなるにはそれが一番です。こんな言い方、押しつけがましいかな」

「いいえ、考えてはいましたから」と答えると、

「じゃ、ぜひやりなさいよ。あなたならすぐ覚えるよ」と言ってうなずき、外尾は太めの体を斜めにして、どっと増えてきた生徒たちの群の中を泳いでいく。

残りのカレーライスを急いでかきこみながら英司は、この時、韓国語を本気になって学んでみよう、と思った。外尾に言われたからではない。先日端島などを案内した時に感じたのだ。教える身でありながらうまく発音できない英語に比

べ、二人の話す韓国語の何と耳に心地よく親しみやすかったことだろう。その声音や表情で意味がわかる気がした。まわりの椅子を占める白いシャツの群れに押されるかたちで英司は立ち上がった。

その日の夕暮れ時、さっそく韓国語の辞書を買い求め、爆心地公園を通りかかった時だった。あの慰霊碑の前にひざまずいている人がいた。顔はうつむいているのでわからないが、小柄で骨ばったその体つきに覚えがあった。早足で近づき、すぐ横で立ち止まる。その人は気配を感じたのだろう、顔を上げた。やっぱり、柳だった。会釈すると、ちょっとはにかんだ表情を浮かべ、ぎこちない動きで立ち上がる。両膝の土を指先で払いつつ弁解するように言う。

「あの日が近づくと仲間が呼ぶんです、ここへ……。でも、あなたに会えてよかった。聞いてほしいこと、まだいろいろあるから」

「じつは僕も柳さんに報告したいことがあるんですよ」

じゃ、立ち話もなんだから、と近くのベンチに向かい合って座る。

思い詰めた目つきで柳はしゃべり始める。

——ここに来ると死んだ仲間の声が聞こえてくる。〈アイゴー、ムルダルラ、チュケッタ（水をくれ、死にそうだ）〉〈俺はなぜ殺された？〉〈なぜこんな所で殺された？〉

その言葉は母国語だったり日本語だったりする。押し寄せる声にたまらなくなって、それでさっきは慰霊碑の前にひざまずいていた。

「皆、若かったからね、恨んでるよ。浮かばれないで今も泣いてる」

ここで言葉を途切らせた柳は、いかにもつらそうな表情になって続ける。

——死んだ仲間のことを思うと、こうして生き延びている自分が後ろめたくてならない。日本人の勧めで語り部をやり、自分をさらし者にしているこの柳永守は偽物のように思えてくる。今朝も起きがけに鏡見て、あれっと思った。ほんとの自分の顔じゃない。しばらく首をかしげてた。でも、子どもたちに語る予定があるから、ネクタイをしめて一張羅の背広を着た。出かけようとした時、テレビ局から取材依頼の電話がかかってきたが、それも断らなかった。ところがこの頃、年をとったせいか、言ってはならない、心の内にある内言をそのまま吐き出してしまうことがあるし、顔にも出てしまう。これではいけないと反省しているところだ。

ここまで話すと、ふうっと大きなため息をつく柳に、「何かあったのですか」と英司は訊く。柳はうなずいた。そして、「昨日のことです」とそのいきさつを明かす。

――小学校の修学旅行生を前にいつものように被爆体験を語り始めたのだが、子どもたちは雑談したり、つつき合ったりしてなかなか集中しない。そのせいとはいいたくないが、もどかしさのあまり、つい声にいらぬ力が入るし、身振り手振りも大きくなっていった。

すると、女子の一人が〈恐いよぉ〉と言ってしくしく泣き出した……。終わってから、引率の女の先生が近寄ってきて申し訳なさそうに言った。

〈大切なお話の最中にすみませんでした。でも、子どもたちにはもっと優しく語っていただけたらと思います〉

「わたし、それで気落ちしてしまったの。でも悪いのはわたしね。きのうはなぜかしゃべり始めると、死んだ仲間の顔が次々に現れ、焚き付けるの。〈もっと生々しく語れ。俺たちの恨みはそんなものじゃない〉それで、つい腕を風車のように回したり、大声出してた。たぶん顔も鬼のようだった、思う」

そう言ってまたため息をつく柳を慰める言葉が見つからない。英司は深い考えもなしに、ついこんな言葉を吐いている。

「ここが日本だからそんなつらい思いをする。やっぱり柳さんは古里に帰った方がよかったのかなあ。ね、なぜずっと日本に居たんですか」

すると柳の顔が見ているうちに赤くなった。怒り顔でわめく。

「何？　今、何、言った？　日本から出て行けって？　あなたもやっぱり、それ、言う。わたしのこと少しもわかってない」

「少しもですって？　わかろうとしてますよ。これでも」

「でも、やっぱりわかってない。わたしの子どもに姿形《すがたかたち》似てて、あなた、いい人です。でも、もういいです。植民地支配された者の苦しみ、あなたわからない。在日のわたしはね、日本の植民地支配で、強制的に連れてこられて……それで日本にいるようになった。それを……」

「わかってますってば。そんなこと」

いや、わかっていない。わかっている。しばらく押し問答が続いたが、英司は柳が何でそんなに急に怒ったのか、わけがわからなかった。自分はそれほどひどいことを言っただろうか。なぜ韓国に帰らなかったのか。その素朴な、と自分では思っている英司の問いを柳は〈韓国人は韓国へ帰れ。日本から出て行け〉と言われたのだと勘違いし、この国に住み続ける権利を侵害されたとでも思ったのだろうか。こちらにはそんな気持ちは全然なかった。

細い肩を怒らせ、片方の足を少し引きずるようにして去っていく柳。それを見送りながら英司は、急に重たく感じ始めた韓国語の辞書をそっと右手に持ち替えた。

八

それ以来、柳に会う機会はなかったが、頭の隅にはいつも彼がいた。ひとつは彼をモデルに台本を書いている白石がしょっちゅうあれこれ助言を求めてくるからだった。

タイトルは「地獄の島」に決めたそうだが、なかなか見てもらえる芝居に仕上がらないと悩んでいた。外尾は入院中だったし、若い英司には何かと相談し愚痴もこぼしやすかったらしい。初めは、顧問でもないのに困ったなと思っていたが、夜半過ぎまで格闘しているらしい熱意に打たれた。時には夜遅くタクシーで駆けつけてきて、共に場面作りをするうち徹夜になることもあり、いつか英司は白石の持つとてつも無いエネルギーに引き回されるかたちになった。こうして「地獄の島」の台本作りにあれこれ関わっているうちに夏休みが終わった。

九月の初めのこの日は授業がなかったが、出勤した。机に向かって授業準備のためのプリント作りを始めたものの、どうも気が散り、集中できない。作業の手を休め校庭に目を移した。日射しが少しやわらいだせいか木々の緑の濃さが薄くなっている。ツクツクボウシの鳴き声も耳に届く。

英司は、ふっと吐息を漏らすと、机の上に配ってあるタブロイド版の「演劇部通信」に手をのばす。これは白石らが編集しているもので、先日の柳の講話がトップに載っており、外尾の近況や部員のプロフィールがおさまっている。年のせいか、まだ調子が出ないとこぼしつつ外尾がさっき顔を出し、これを一部、柳に届けてほしい、と言った。しかし英司は、気が進まないことをはっきり伝えた。

〈あの人はどうも苦手です。被害者意識が強いんじゃないかなあ〉

すると外尾は、〈ははあ、あなたも彼の毒気に当てられましたね〉と言ってあれこれかばい立てするのだった。

――彼も老いには勝てず、最近は、内面に渦巻くものをそのまま目の前の人にぶつけてしまったり、とんちんかんな応答をすることもある。それで尻込みする人もいるが、どうか大目に見てやってほしい。

英司が黙っていると外尾はなおも言うのだった。

――彼は言葉にできないほどの苦難をいくつも乗り越えてきた人だが、その被爆を語ることで多くの人とつながり、しっかりした自分を造ってきた人でもある。病で働けない挫折感のなか、死にもの狂いで生きる意味をその中に求めたとも言える。ところがその語り部活動をもう遠慮したいと言い出している。

〈それで心配なの。様子を見に行きたいけど、まだ通院、自宅療養中の身でね、あなたにお願いしているわけだけど……〉

なんとか行ってほしそうだったが、英司は、口を横に結んだままだった。そして外尾が他の教員に呼ばれ、職員室を出ていくと、また授業準備に戻った。しかし、柳の深い淋しさを湛えた顔、まなざしが浮かんできて少しもはかどらなかった。

　先日あんな別れ方をしたのも後味がよくなかったし、誤解を解いてもらいたい気持ちも湧く。ちょっと迷った後、安否をたずねる電話をかけてみることにした。

「ああ、あの若っか先生ね」

　こちらを確かめると、先日あんな押し問答をしたのを覚えていないかのように親しげな受け答えをする。

「わざわざどうもね。じつは、先週ね、ころんで……それから足が痛くて、歩けんごとなったとよ」

　それで、二時間のヘルパーに来てもらっているが、もう語り部活動はやめることにした。

聞いているうちに心配になり、すぐに行ってみることにした。目の前の作業は、戻ってからやることにする。

外尾が置いていった住宅地図のコピーを頼りに訪ねていくと、柳は車の入らない坂の上の古い小さな家に住んでいた。

きれい好きらしく部屋はきちんと片づいていた。というより家具がほとんどなかった。

がらんとした中にぽつんと一人座る柳はしばらく会わない間にまた一回り小さくなったようだ。熱があっても布団の上げ下ろしと下着の手洗いはしていると言うが、顔色はよくないし目に隈ができている。英司は、何か手伝うことはないか、と尋ねた。柳は、遠慮することなく、長いことしまったままなので掛け布団を虫干ししたい、と答えた。押し入れから出したそれを物干し竿に掛けたのだが、かなり湿っていて重かった。

部屋に戻ると、柳が飲みつけているものらしい温かい柚子茶をコップに注いでくれた。ちょっと酸味のきついそれを口にしつつ、壁に貼った修学旅行生と一緒に撮った写真やお礼状に目を留める。

「柳さんの証言、もう聞けないとは残念ですね」

と話しかけると、柳は困ったような表情を浮かべる。

「わたしもね、体きつくても、子どもたちに語るの、大事にしてた。だから、それやめたら、わたし、もう、生きている価値ない、思う。いっそ死んだ方がいいよ」そんな穏やかでない答え方をするので、

「何を言うんです」英司は強い調子で抗弁する。

「生きる価値のない人間なんていません。ね、柳さんもここらでゆっくりしていいんですよ」

言った後、また自分の失言に気付く。

柳は、ゆっくりしたくても、そうはできない状況にあるのだ。それがわかっているはずなのに、どうして自分はこんなお為ごかしなことを口にするのだろう

か。ちょっと気後れしつつ演劇部通信を取り出し、「これにあなたの証言が載ってますから」と言って差し出した。次に、柳が捜している人について調べた結果を報告しようかと思ったが、何もわからず、朝鮮人寮が確かにあったという記録さえなかったと言えば、気落ちするだろうと思い、ためらう。それで木鉢寮にいた人に会った話をした。その人は原爆投下より少し前にあったストライキにも参加していたと言うと、柳の目が一瞬、きらっと光った。そして懐かしそうに言うのだった。

――あの寮にいた同胞はしっかりした人が多く、八月十五日に解放されると、三菱と交渉し、帰国船を準備させた人たちもいた。わたしも小さな木造船を借りたグループに一緒に帰ろうと誘われた。しかし断った。

柳はその頃のことを思い出し気分が高まったのだろう。どっと溢れるようにまた一人語りを始めていた。

――わたしの場合、古里に待っている人はいない。いらぬ者が帰ってきたように迎えられ大叔父の作男になるしか道がない。それは、嫌だった。まだ十六だったし、巷に放り出されてもこの日本で何とかやっていける気がした。帰る時は、二人で逃げる約束をしていた幼なじみを見つけ、一緒に帰りたいとも思った。それで長崎にとどまり、同胞の飯場を訪ねては仕事をさせてもらった。土木工事や建設現場で働いたが、二、三年経った頃、洗面器いっぱいもの血を吐いた。結核に罹っていたのだ。入院生活が始まったが、日本人患者のいじめで長くはどこにも居られなかった。

それというのも、端島炭鉱にいた時、よく落盤があって、仲間がたくさん死んだのだが、それで頭からボタが落ちてくる夢をよく見た。大怪我をしたのに誰も助けてくれない夢で、つい大声を上げている。〈チュケッタ、サルリョ、ジュシヨ〉。すると〈朝鮮人がわけのわからない寝言を言うから眠れない〉〈お前、いつまで日本にいるのか〉〈朝鮮に帰れよ〉口々に、そんな嫌味を言ったり小突いたりする。そのまま引き下がるのはくやしいので、〈わたし、無理やり日本に連れてこられたんだ。働かされ過ぎて、病気になったんだ〉と言い返す。すると今度は〈朝鮮人のくせに何をぬかすか〉と殴りかかってくる。それでも……医者の止めるのを振り切って療養所を飛び出した……。

聞いているうちに、原爆より民族差別の方が恐ろしいと語った柳の気持ちがほんの少しだがわかった気がした。

柳は天井のしみを指差しつつ家を借りる難しさも口にした。

「雨漏りするの、この家、古いから。言っても直してくれない。取り壊すつもりだからって。五回引っ越したけど、いつもこんな家しか入れなかったよ」

干した布団が乾くのを待ち、それを取り込んでから帰ろうと思い、この日、英司は腰をすえて柳の話を聞いた。そして気づくことがあった。同じことを繰り返し話すのだ。また、必要なものは手の届く場所にすべて置いているようだが、洗面所には躄《いざ》って移動しているし、湯呑みを持つ手もふるえている。火事にでもなったらどうやって逃げるのだろう。

ほっとけない気がした。おせっかいかもしれないと思いつつ持ち掛けてみる。

自分の祖父はまだ元気だが、もう施設に入る準備をしている。先日、一緒にあちこち見て回ったが、いずれはどこかのケア付きホームに入居するはずだ。

「で、柳さんがもし入るとすれば、どんな所を望みますか」

柳は何も答えない。何を訊かれたのかわからないという顔をしている。英司も同じことを二度は言いたくない。しばらくしてそろそろ失礼しようと思い立ち上がる。

自分が使ったコップを流し台で洗っていると、柳の低い声が後ろから聞こえてきた。

「そのことだけど……心配してくれる人たちはいるの。でも、どうしてもふんぎりつかないの」英司はゆっくり振り向いて問う。「気に入らなかったんですか」

「ま、わたしがわがままなのね」と柳は答える。「療養中にいじめられたこととか思い出して……。それで、はっきり言って一人がいい。ほんとのところ、生きるの、疲れた。でも、やっぱりまだ生きたい……」

そこでうなだれる柳に英司はもう何も言えなかった。布団を取り込み、すっきりしない気持ちのままいとまを告げた。そして「地獄の島」を生徒たちが演じる時はぜひ見に来てほしい、と頼んだ。

「行かずにはおられない。わたしの物語だから」

そう答える柳の目には確かな光が宿っていた。

九

きょうが初めての練習日だというので英司は旧校舎の元体育館に向かった。その突き当たりの小屋のような部室に入っていくと、白石が一人、濃い眉を一文字に引いた厳しい表情で座っていた。

他の部員はどうしたのかと訊くと「舞台は暗転しました」と言って肩を落と

す。台本を配り下読みを始めたところ、主人公役の部員が「こんなもの演りたくない。俺は降りる」と言って台本を放り投げ、座を立ったのを皮切りに、一抜け、二抜けとつぎつぎに部屋を出て行ってしまったそうだ。

これには前触れがないこともなく、何日か前、その部員の父親から圧力ともいえる電話が白石の家にかかってきていた。

〈何できみたちはわざわざ朝鮮人が主人公のものを演るの。端島では日本人も大勢働いていたはずだよ。言っとくが、そんな芝居は誰も見に行かないだろうね。せっかくなら皆が楽しめるものをやりなさいよ〉その人はねっとりした口調でそう言ったという。

〈はあ。皆に相談してみます〉釈然としないまま電話を切り、何人かの部員にこのことを知らせた。その反応は〈気にするまい〉というもので、他の作品に変えようとの意見はなかった。そしてこの日を迎えたのだが、こういうかたちでどんでん返しを食らうとは思わなかった。代役を募ろうにもこの日顔を出していない部員は、夏休みにやったことで謹慎中の者や進学や就職のことがある三年生しかいない。

「それで、外尾先生にも相談しましたが今年の文化祭は休演せざるをえません」

「やっと中味のあるものに仕上げたのにね。でも、別の機会にやれるさ」

そう言って慰めたが、英司もやはりがっかりしていた。

「でも、僕はチャレンジしてよかったです」

自分を納得させるようにうなずきながら白石は言う。

——顧問の先生は、きみたちの劇なのだからと、自由にやらせてくれたし、松山先生は徹夜で台本の手直しをしてくれた。よい経験だったし、歴史の勉強にもなった。とにかく、この「地獄の島」は自分の出発点だと思うことにする。ここから自分のほんとうの人生が始まるんだと。確かに劇は一人では出来ない。他の部員は、何かを訴えたいとか、何かに怒るとか、そういうものではなく、等身大の自分が出てくるわりと軽いものを演じたかったのだろう。なら、どうしてはっきりとそれを主張しないのか。でも自分は、それを知りつつも彼らが喜びそうなそんな台本は今のところ書く気がしなかった。とにかく自分は祖母の膝の上で、あの日のことを繰り返し聞きながら育ったのだから……。

白石のしゃべりに耳を傾けながら、ここにも一人、語り部がいる、と思っていた。いつか日が暮れたので、そろそろ帰ろうか、とうながす。

月明りの中を並んで歩きながら、「この劇の上演を一番楽しみにしていたのは、やっぱり柳永守その人だろうな」と言う。

すると白石は「僕もそう思います。あの人は自分の講話が伝説になるのを望んでいましたからね」と答える。何度か話を聞くなかでそう感じたのだそうだ。

なるほど、伝説か。通用門を通る時、少し色づきかけた栴檀の木を見上げると、フクロウが一羽止まっていた。何か問いかけるように首をかしげてこっちを見ている。潤んだようなその目を見返しつつ英司は思いついたことを口にする。

「どうだろう。その台本、柳さんに届けに行かないかい。あ、いや、彼一人のために音読してやりたいな」

　すると白石が答える。

「ううん。それ、いいことかもしれませんね。やりましょか」

「きみと僕、今夜はよく意見が合うな」

「馬が合うってやつですよ」

「それにどうだ。今夜、さっそく二人でこの台本の読み合わせをしないか。一人三役四役でもいいじゃないの」

「ますますいいですね。これから先生の家、行っていいですか」

「いいとも」

「でも、家の人がやかましくないかな」

「大丈夫。祖父は耳が遠いから」

「じゃ、決まり。日本人の労務と日本人の酔っぱらいとそれから憲兵役は先生、やってください」

「悪役はすべて僕か」

「いや、ほら、あったでしょ。酌婦の役も。忘れないでください」

「あ、そうだったな。柳さんに習った子守歌も入れて演ってやるよ」

「ええっ、マジっすか。すごーい」

白石とのやりとりは途切れることなく続く。

月明りに照らされた大小二つの影が伸びたり縮んだりするのを見ながら英司は石畳の坂道をゆっくり先に立って下りていく。

石木川の畔《ほと》り

一

すぐ近くでごうごうと戦車の迫ってくる響きが聞こえる。なぜ戦車だと思ったのかはわからないが、次に起きることを八木登《やぎのぼる》は知っていた。夢とはわかっていても「殺される」と思ったとたんに身体は硬直し心臓の拍動がドドドと早くなる。たぶん幻聴だろうが、地鳴りのような響きはやにわに音量を上げ、戦車の黒い影が次第にあらわになる。そしてそれは足の爪先から脛、腿、腹、胸と圧し潰してくる。目の前で火花が爆ぜる。何も見えなくなる。しばらくすると、その響きは嘘のように頭のてっぺんから抜け出ていき、身体の硬直も治まる。しかし心臓はまだ早打ちを続けている。

悪夢が覚めた時、シャッターから漏れる陽の光が床に金色の縞模様を描いていた。起き上がりつつ生きていることにほっとする。同時にこれまでにない心身の疲れを覚える。頭がぼうっとし、とにかくかったるい。

行きつけの心療内科に行くと、年をとった医師は、戦車の響きですか、戦争体験もないのにね、と首をかしげていた。しばらく問診をした後、「ストレスからくる神経症のようです。二、三ヵ月仕事を休んでみたらいかがですか」と勧めてくれた。登はこの悪夢のほかにかなり前から腱鞘炎の疼痛にも悩まされていた。それで医師の助言に従うことにした。この日、勤め先の広告代理店に出勤するとすぐに三ヵ月の休暇届けを出した。上司は渋い顔で、非正規社員がこんなに長く休むと復職できないかもしれないよ、と言った。仕方ありません、と登は答えた。今の職場でずっと働き続けたいとは思っていない。

都内のビルの九階にあるこの会社で働き始めてもう二十年になる。小さな商店の看板書きから新聞のチラシ、テレビ局のテロップCM作り、コンピューター・グラフィックの作業など、指示されるまま懸命にこなしてきたが、人手不足による作業の過密さと疲労は限界まできていた。もともとひょろっとして細長い体型だったが、最近は食欲不振でまたさらに痩せた。朝早く起きて満員電車に揺られ、機械の部品のように部下をこき使う上司のもとで夜遅くまで仕事をする。ミスをすれば、皆の前で叱責される。そんな毎日が年のせいもあってつらくなってきていた。

その日の夕方、机の中を片付けた後、窓越しに下を見下ろすと、灰色のコンクリートの谷間に、ヘッドライトの黄色と尾灯の赤が左右二筋の光の流れとなってはるか彼方まで続いているのが見えた。西に向かう赤の尾灯を見つめながら登は高校を出るとともに後にした古里を想う。

登の古里は長崎県中部の山間にある百合谷郷《ゆりやごう》である。家の前には虚空蔵山《こくぞうさん》を源とする清流石木川が流れており、初夏には何千匹という源氏蛍が舞う。想っただけで体の深い所で動くものがある。携帯電話を取り出し母にかけた。母は間をおかず出た。都合でしばらく帰郷したい、と伝えると、「帰ってくるって？　いつ？　まあ、どういう風のふきまわしやろか。早く、早く、顔を見せておくれ」

そう答え、喜んでくれたので安心する。

「もう田植えはすんだとね？」と聞くと「すんだばかりよ」と母は弾んだ声で答える。「ほたる祭り」が済んだ次の日には水を入れて、代かきを始めた。水を張った田んぼは大きな鏡になって、周りの景色が映り込んでそれはそれはきれいだった。これは苗を植えるまでの数日間しか見られないものだが、毎年感激する。

「裁判でね、今年は時間を取られてるのよ。それで心配してたけど」と母はここで声のトーンを落として続ける。耕耘《うん》や畦草取り、畦作り等、田植え前の作業を地区の皆が手伝ってくれたので助かった。

「ふうん。それはよかったね」

何気なく相槌を打ちつつ登は気付いた。バックに、田んぼで鳴き交わしている蛙たちの合唱が高く低く入ってくるのだ。

「うわあ、懐かしかぁ。蛙がもう鳴いてるね」。思わず声をあげると、母はのんびりした声で答える。

「聞こえるね？　あっちでもこっちでも鳴きよるよ。何か合図でもしてるのか、時々ぴたっと鳴き止んだりしてね」

ここで登はちょっと心配になってくる。

「母さん、こんなに遅くまで田んぼに居るとね？」

すると母は「まさか」と否定し、総代さんの家で、ダムのことで打ち合わせがあって、今、田んぼの横を通って家に帰るところだ、と答えた。

そうか。登は納得した。

思えば、百合谷郷の人々は半世紀以上も前から石木川を堰き止めてダムを造ることに反対しているのだった。十年ほど前に信用金庫と保育所をそれぞれ定年になった父と母は、今、その活動に邁進しているらしい。

「まあだ座り込みば続けよるとね？」と訊くと、母は、「まあだっちゃ何ね？そりゃ、続けるよ。向こうが工事を中止するまで」と声を大にする。なぜなら、納得できないダム建設のために住み慣れた家、土地を力づくで奪われようとしているのに、子孫に残したい豊かな自然が水の底に沈められようとしているのに、何もしないで居れるものではない。「……こんな時、あんたが帰ってきてくれるなら頼もしい限りよ」

そう手放しで喜ばれると、「ううん」と登はうなってしまう。

「じゃあ、待っとるけんね」

電話が切れた後もしばらくはその場に立ちつくしていた。飛んで帰りたい古里である。しかし、父や母が捨て身の抗議行動をしている古里にどんな顔をして戻ったらよいだろうか。ほんの少し敷居の高さを感じ始めた。

二

細々とした支払いを済ませ、絵の道具などを先送りして、三日後、空路で古里に向かった。長崎に着いたのは昼少し前で、二両編成の鈍行列車に乗った。この列車はシーサイド・ライナーと銘うっているだけに大村湾の海沿いに走ってくれるのが嬉しい。海面のあちこちで魚がはねる。銀色の鱗が光る。

この大村湾に注ぐ川棚川《かわたながわ》の支流石木川に長崎県と佐世保市がダムを造ろうとしているのだ。そのダムが出来れば登の生家の田畑、山はすべて水の底に沈む。昨夜の母の話によると、県は百合谷郷全世帯の土地と家屋を強制収用する手続きをすべて済ませたそうだ。

あとは知事が「行政代執行」をするかどうかというところまできているというが、住んでいる人間を力づくで追い出し、家や土地をブルドーザーで圧し潰すなんて、そんなことが許されるのだろうか。わが古里はいまＳＯＳを発信している。これまでのように顔をそむけてばかりでは済まされないとの思いが湧く。

地元の高校で美術を学んだ登は、高校美術展や県展ではいつも上位入賞を果たした。それでさらに美大に進学するため東京の予備校に入ったが、合格できず、アルバイト先の今の会社で働き始めたのだった。登が生まれる前から父も母もダム反対運動の先頭に立っていたが、同じ轍《わだち》を踏む気はなかった。自分の内面から湧き出るものだけに従って自由に生きたかった。それで何かと縛られるのが嫌で、これまで古里には戻らなかったわけだが、病む身となると懐かしさはひとしおだ。

去年の初秋、帰郷した時のことを想い出す。働いていた母に代わってよく面倒を見てくれた祖母が亡くなったのだ。久しぶりの我が家の前に立つと、庭先にある樹齢三百年もの柿の木は薄い橙色の実をつけて秋を敏感に受け入れていた。百合谷郷のほとんどの家がそうであるように登の生まれ育った家も裏手には山の緑を背負い、表には手の届くような距離に石木川の清流が流れている。葬式には百合谷郷のほとんどの人がきてくれたようだが、ちょっとした話をする暇もないとんぼ返りだった。それでも坊さんの読経が終わると、裏の田んぼでひとり祖母を偲んだ。

稲の穂は黄金色で重そうに垂れ、稲刈りの近さを告げていた。かと思うと足元の溝には鮠《はや》か泥鰌《どじょう》らしき小魚の影が素早い動きを見せた。

浮かんでくるのは、この田んぼや畑で汗まみれになって働く祖母の姿だ。翔んでくる蝶やとんぼ、空を飛ぶ鳥や田んぼに住む生きものについて祖母はどれほど愛しそうに語ってくれたことか。それだけではなく戦争中の恐ろしかったこと、苦しめられたことを折にふれ幼い登に伝えようとしていたことがよみがえる。また、その話か、と聞き流すことが多かったが、繰り返し聞かされるうちに、いくつかのことは映画の一場面のように脳裏に焼き付けられた。今もどこかから祖母の声が聞こえてきそうだ。

「空襲は恐ろしかったよ。銀色にきらきらと翼を光らせてアメリカ軍の爆撃機がしょっちゅう飛んできよったと。そのたび空襲警報のサイレンの鳴って防空壕に逃げ込まんばやったもんね」

中でも忘れられないのは、一九四五年七月三十一日の川棚空襲のことだ。午前十時ごろだった。その銀色のが七機、低空飛行でこちらに向かって近付いてきた。それは家の屋根すれすれの高さですぐ目の前に迫り、爆音、爆風がものすごかった。急いで防空壕に逃げ込んだが、この時の空襲で家は潰され、畑には大きな穴があいた。それだけでなく生まれたばかりの赤ん坊を含む六十九人がその時に亡くなった。川の上流の馬小屋の馬も十五頭が死に、その日の川の水は真っ赤に染まった……。空襲のことばかりでなく、八月九日、長崎原爆に遭った祖母の兄、大伯父のことも何度聞かされたことか。

「わたしゃ、兄ちゃんは死んだと思うとったとに、十日ほどたって、ひょかって帰ってこらしたけん、びっくりしたとよ」と祖母は語っていた。

当時、警察学校の練習生だった大伯父は、寮の洗面所で被爆したが無事だった。ところがその後、教官引率のもと被災者の救護、死体収容に当たらされたそうだ。すると一週間もすると、ひどい下痢などの症状が出て作業が続けられなくなった。救護所に行くと、医師は「これだけ重病人がいるのに、あんたたちを診る暇はなか。柿の葉を煎じて飲めばいいでしょう」と言って追い払われた。それで教官の許しを得て百合谷郷に戻ってきたわけだが、家に柿の木はない。少し上流の家に樹齢何百年とかの「とんご柿」の木があったので葉っぱを分けてもらうよう頼みに行った。その家には同年配の男の子がいて、とても優しく、葉っぱを摘むのを手伝ってくれたし、柿が熟れると、その小さくて甘いのをもいでくれた。「その男の子が成人して、わたしば貰うてくれた人、登のじいちゃんたい。わたしのにいちゃんは柿の葉っぱのせいか下痢も止まり、元気になったもんね。柿の木様々だよ」。柿の木を見上げる時の祖母の顔はいつも慈愛に溢れていた。

また空襲や原爆のことだけでなく祖母は、戦争中にあったこととしてよく「わたしらは海軍さんに二度も土地を奪われたとよ」と悔やんでいた。

それは祖母が十歳の頃のことで、海近くに住んでいたところ海軍工廠を造るからと立ち退きを命じられたそうだ。それで山間の百合谷郷に移ってくると今度は工廠の疎開工場を造るからとまたも農地を奪われた。

それからまもなく敗戦になり海軍用地とされた農地は地主に返されたが、元の田んぼや畑に戻す作業は大変だった。疎開工場跡の敷地が厚いコンクリート造りだったので男たちがげんのうやつるはしで打ち砕き、女たちはリヤカーで瓦礫を運び出した。何ヵ月もかけて元どおりにしたのだった。

「その土地をまた強制的に取り上げるなんて戦争中に戻ったような気のするよ。わたしはもう死ぬまでここを動かんけんね」

そう言い放つ祖母の顔はいつになく厳しかった。

「ほらみて見んね。ここにその置き土産のある」

畑の隅に転がっている祖母の指差すものを見るとコンクリート造りの標識には「海軍用地」という文字があった。長じてから知ったのだが、わが家の田んぼと山の間に切り立つ苔むしたコンクリート塀もその疎開工場の残骸の一つで、裏山に真っ黒な口を開けている奥行きの深いトンネルも半地下の魚雷工場の跡だった。祖母が悔やんでいたようにわが古里の家や土地は、戦争中は海軍に奪われ、そして今は行政に力ずくで奪い取られようとしているのだった。

そのことが実感として迫ってきたのは、ひとり祖母を偲んでいた時に突然聞こえてきたあたりを威嚇するような響きだった。

カタカタカタ、ブーンブーン、ガラガラガラ。山を切り崩してでもいるのだろうか。

目の前の百合岳のふもと、雑木林の奥に目を凝らすと、いつの間にかそれまでなかった道らしきものが出来かかっているではないか。つまりダム建設にともなう付替道路工事が着々と進められていたのだ。ガラガラガラ、ゴンゴンゴン、ブーンブーン。騒音とともに、削土、盛土、土ならしを行うブルドーザーや、後ろの荷台から土を落とすダンプカーの様子がざわめく木の茂みの間に見え隠れする。しばらく目をすがめて見つめていたが、そのうち何だかそのブルドーザーが戦車のように見えてきたのは「戦争中のやり方と同じたい」と嘆いていた祖母の言葉がその時、よみがえってきたせいかもしれない。

揺れる列車の中、登はここで小さくうなずいていた。戦車らしき物に圧しつぶされる悪夢は、いま故郷で起こっていることと無関係ではないらしいことに気がついたのだ。

なぜなら古里のわが家も農地も、戦車ならぬブルドーザーやユンボなどの重機でいつ圧し潰されるかわからないのだから。そういう強迫観念に登が捉われたとしてもおかしくはないだろう。

列車は川棚に着いた。降りた乗客は数人で、改札口を出ると、登の足は自然に川棚川に架かる橋の方に向かう。橋の中ほどに立つと、やおら虚空蔵山を見上げて挨拶する。

ただいま。僕、とうとう帰って来たよ。

なだらかな稜線の先にある山頂のとんがり帽子のような形から、九州のマッターホルンと呼ばれるこの虚空蔵山は登にとってまさに心の古里と言えるものだ。この山を背景に鬼百合の群落や鈴成りの柿の木を描き、何度も賞をもらった。それというのも、もの心ついた頃からことあるごとにこの山に登る機会があったからだ。

古里では昔から秋分の日の前夜に虚空蔵山に登る習わしがあった。山好きの父母は必ずこの夜行登山に参加し、幼い登たちも連れていった。夜が明けて山の端から太陽が顔を出し、ぐんぐん大きくなる様は何度見ても感動的だった。幼友だちの和可《かずよし》や拓実《たくみ》とも暇さえあればしょっちゅう登った。そういえば、彼らには東京に出奔してからはほとんど会うこともなかったが、どうしているだろうか。地方紙の記者をしている和可の電話番号をプッシュしてみる。和可はすぐに出た。

「えっ、ほんとに登か？　お前、生きていたのかよ。ケータイにかけてもつながらないし」

驚いたような声をあげる。

「ごめん。ケータイ落として……番号変えたんだ。そのあと取り紛れて、つい……」

「そうか。なるほどね」

「それで……ちょっと体壊して帰って来たものだから、久しぶりに会いたいと思って」。登が言うと、和可は、「うん。そうだな。今夜は八時頃には体が空くかなぁ。でも俺、今は佐世保支社勤務で川棚までは車で一時間はかかるもんなぁ」、思案しているふうだ。

「拓実も忙しいかな?」、もう一人の幼友だちの名前を口にすると、「あいつは、ダム反対の中心メンバーだったがね」としゃべりかけたが、思い直したように「登は何も知らないんだよね」とつぶやき、「電話じゃちょっとね、話せないよ」、突き放すような言い方をする。どういうことかわからないが、「うん。僕は浦島太郎さ。これまで古里のこともダムのことも考えまいとしてきたからね。すまん」と返すと「なにも謝まられることはないが……。あっ、いけねっ。もう出かける時間だ。悪いけど、こちらからかけるから」

そう言って電話は切られてしまった。

そっけないな。ちょっと寂しい気がしたが勤務中にかけたのだから仕方がない、と思い直す。いつだったか、東京に和可が出張してきた時も連絡は受けたが、登の仕事の都合で会えなかったことがある。それにしても、拓実のことをダム反対の中心メンバーだった、と過去形で言っていたが、今はそうではないということか。ちょっと気になりつつ駅前に戻ると、ちょうど走ってきたタクシーを止めた。百合谷郷へ行く路線バスはもう何年も前に廃止になっているのだった。

三

石木川に沿った谷間の道をタクシーはことさらゆっくり走る。写真を撮るつもりで登がそう頼んだのだ。かつて通った小学校の近くまで来ると、新築の家が建ち並ぶ一角が目に入った。あれが百合谷郷を出た人たちの家だ、と運転手が説明する。赤い屋根、青い屋根、レースのカーテンのかかった家々をカメラにおさめながら登は複雑な思いに捉われていた。かつてここら辺は広々とした田んぼで、この季節には代かきや田植えが行われていた。それが今では、田舎にはぴったりこない御殿のような家がそこら一帯を占めているのだった。石切り場を過ぎてしばらく行くと、小山がざっくり削り取られ、山肌を露わにした光景が右手に広がっていた。

あそこが工事現場ですよ。ダム工事とつながる付け替え道路の、と運転手がサービスのつもりかまた教えてくれる。登のことを取材の記者か何かと思っているらしい。

工事現場には十一台もの監視カメラが設置され、県の職員が見張るなか、百合谷郷の人たちと支援者が座り込んでいる。かつては死に物狂いの激しい抗議行動もあり、ユンボの下にもぐり込んで引きずり出された女性もいた……。

耳を傾けながら、登は、忘れもしない一九八二年、学校を休んでまで拓実や和可とともに参加した座り込みのことを思い出す。三十七年も前、小学二年の時のことでダム起業者の県はその時、のべ七百人もの機動隊を連れてきて強制測量を行おうとしたのだった。あの時はあっという間に抱え上げられ、排除されたが、ただ恐ろしかった。

運転手は説明を続けている。……こういうわけで自分も百合谷郷で闘い続けている人たちの気持がわかるし応援しないではいられない。なぜなら行政のやり方はあまりに酷いから。

「僕も運転手さんと同じ考えよ」。登が相槌を打ったところでタクシーは百合谷橋のたもとに着いた。そこでタクシーを降りる。橋を渡って三十メートルほど山手に向かって歩くと緑の木々に包まれたわが家に着く。田植えのすんだ田んぼには母が言っていたように逆さまの百合岳が映っていて、オタマジャクシがうじゃうじゃ湧いていた。

嬉しさでいっぱいになりながら急ぎ足になり玄関のブザーを押すと、黒いスラックスにポロシャツ姿の母が「迎えにも行けなくてごめんよ」と言いながら駆け寄ってきた。それに対し登は「そんなこと、いいんだ。でも、よかったのかな?　身勝手で不肖の息子の急なご帰還だけど」

ちょっとねじけた言葉を発しつつ、ついその胸に子どものように頬を埋めていた。すると母はあやすように登の背中を軽く叩きながら「何を言うの。親にとっては、その子が幾つになっても、子どもは子どもよ」と言ってくれる。そしてついと身を離すと、よく日焼けした顔をほころばせてこちらをまじまじとみつめてくる。

「わたしもね、座り込みから今帰ってきたとこ。父さんは総代さんの家で打ち合わせがあるって、また出かけたとよ」

「そう。その年で毎日座り込みとは、疲れるだろう?」

いたわりの言葉を発しつつ靴を脱ぐ。

「それがね、この頃は楽しいの。だって皆と一緒だから。支援者も大勢駆けつけてくれるのよ。そうそう。今朝はこんな珍しいお客さんまで来てくれたとよ」

答えながら母は携帯電話を取り出すと、背中に黒い縦じま模様のある赤褐色の小鳥の動画を映し出す。チョッピィチュチュリ、チュチュチュ、とさえずる、この鳥はほおじろだ。

「いいなぁ。鳴き声までよく入っているね」。登が感心していると母は「でしょ？　工事で山を崩され雑木林を追われたのよ。だからわたしたちの座り込みを応援してくれているのよって、誰かが言って、皆うなずいたの。こんなお客さんがあると、益々ここに住み続けたいと思うのよ」

生き生きした表情で語る以前よりも健康そうに見える母の顔を見ながら、そうだろうな、と納得する。キッチンに入ると、ご飯と味噌汁にイワシの煮つけという簡素な昼食が用意してあった。それを口にしながら登は、ちょっと気になっていることを訊いてみる。

「その年で母さん、まさか、ユンボにもぐり込んで阻止行動とかやってないよね？」

するとあっさり言ってのける。

「あら、先頭に立ってやったわよ。ただし初めの頃だけね。とにかくやれることは何でもやらなくちゃ、と必死だったもの」

母の話によると、工事現場ではいつも大小の重機やダンプカー等二十台あまりが稼働していたが、母たちは作業員らが配置に着く前に駆け付け、抗議の態勢を取っていた。おのずとそこには緊迫感が張りつめ、午前十時過ぎには詰め所から事業主である県の職員が二十名くらいはやってきて「危ないです。退いて下さい」と大声をあげる。それでも母たちは大型重機のキャタピラーの間に入って座ったり前後に立ちはだかったりして捨て身の抗議行動を続けた。「離れて下さい。動きます」。決まり文句の説得が続くが誰ひとり応じようとしない。そのうち業を煮やしたのか、向こうはゴボウ抜きをかけてくるようになった。数人がかりで一人ずつを引きずり出し排除するのだ。すんなりいくはずもなく時にはもみあいのようになることもあった。何度か警察のお出ましもあった。しかし最近は穏やかに、タオルで覆面のだんまり戦術をとっているためそれもなくなった。いわば座り込みは、団欒のひとときのようになり、弁当持参でじっと現場で構えている。そこへ山林を追われた小鳥たちも寄って来て応援歌を歌ってくれるというわけだ。

聞きながら母は強くなったな、と登は思う。ダムに反対する古里への思いには、長崎の町から嫁に来た母と百合谷郷に生まれ育った父との間には当初かなりの温度差があった。

「あんたと結婚したばかりにわたしは自分のことが何もできやしない」と文句を言っているのを聞いたことがある。それが六十歳の定年後は一日も欠かさず座り込みに出かけているというのだ。

「それでも今年の冬は堪えたよ」と母は続ける。

吹雪やみぞれの日もあったし、父さんは持病のリュウマチが悪化しつらそうだった。焚火をたいたが、それでは耐えきれず、早々に引き揚げた日もあった。

この現場での座り込みももう四年目になる。

「ただこのままではらちが明かないからね。裁判をやってるわけ」

茶をつぎ足してくれながらその二つの裁判について、世論喚起の意味もあるのだと母は力をこめる。

国を相手にした事業認定取消訴訟では、佐世保市の利水、川棚町の治水面での認定申請に大きな誤りがあり、住民を強制的に排除してまでダムを造る必要性、公共性はないと主張している。もう一つの工事差し止め訴訟では、地権者が同意していないのに現実に工事が進められているのは納得できないし、先々住民に大きな損害を及ぼすと訴えている。

母たち百合谷郷の人たちの粘り強い闘いを聞いているうちに登はこれまで何もやってこなかった自分が急に後ろめたくなってきた。非日常の中に、はからずも飛び込んだ自分にはたして居場所があるのか。窓の外に広がる田植えを終えたばかりの田んぼに目を移す。独り言のようにつぶやく。

「強制収用されてもさ、母さんたちは今年も作付けしてる。県はこれを黙認しとるとやね」

これに対して母はきっぱりと答える。県からは一応咎め立ての文書が届く。しかし、たとえ名義が変わっても、わが家の土地であることに変わりはない。これまでどおり田植えをし畑を耕すつもりだ。ただ座り込みや裁判に時間を取られ十分手をかける暇がないのが残念だ。

「こんな時、あんたが帰ってきてくれて万々歳よ」

そう締め括ってにっこりする母の顔が眩しい。

束の間、どこかへ逃げていきたい衝動に駆られる。同時にじんわりした古里のぬくもりのようなものがそれを抑える。たった今、口にしたわが家の白い米の飯も、大根と白菜の漬け物も、虚空蔵山の湧き水で淹れたらしい番茶もかけがえのない旨さだった。それでやっとこう言った。

「あまり期待しないでよ。腱鞘炎とかさ、あれこれ心身のバランスを崩してて、それで僕は帰って来たのだからさ」

本音のところ、しばらくは、昼寝をしたり、虚空蔵山に登ったり、スケッチをしたり、ゆっくり気ままに過ごさせてほしい。しかし、わが古里にはそんな悠長なことは許されない張りつめた時間が流れている。

母はしばらく探るようにこちらを見つめていたが、急に顔を曇らせ、

「ごめんよ。やっぱりそうやったとね。また、その、心の病とかが出たとじゃないかねえ」とつぶやいた。

母が心配するのには理由があった。予備校に通い出して二年目、ひどいうつ病になり苦しんだことがあったのだ。その時は一年あまりつき合っていた行きつけの食堂の娘さんにふられ、二度と起き上がれないほど打ちのめされたのだったが……。どうしようもない感情をもてあまし、心を立て直すつもりで広告代理店でのアルバイトに精を出し、結果として受験をあきらめたいきさつがある。

「若い頃のとはちょっとちがうよ」と登は否定する。

「ここのきれいな空気をしばらく吸ったらさ、必ず治るって」

「だったらいいけど」

母は心配そうな表情でしばらくあれこれ思うふうだったが、やがてにっこりすると こう言ってくれた。

「ま、取り越し苦労はやめとくわ。きょうは天気もいいし、あんたはまずそこらを歩いてきたらどう？　ほら小鳥たちも呼んでるよ」

なるほど、網戸の向こう、あたりの木々の間で、うぐいす、めじろ、四十雀《しじゅうから》などが楽し気に鳴き交わしている。耳を傾けていて、おや、と思った。誰かに語りかけるような若い女性の歌声が聞こえてきたのだ。

〝……花衣　身にまとい　心化粧をして　若菜摘み　香り華やぐ　里の朝……〟

どうしたのだろう？　その声は風に煽られてでもいるように途切れ途切れで、心もとない。誰なの、と目で問うと、「上の家の孫のエリちゃん。ちょっと変わり種だけど、いい娘《こ》よ」と母は答えた。

四

母の話によるとエリは、長崎の大学で文学を学ぶ学生だが、パソコンにのめり込んで昼夜逆転の生活になってしまったのだという。心配したエリの母が自分の両親のいる百合谷郷の実家に預けたところすっかりここが気に入り居ついてしまったらしい。高く低くその歌声は届く。

〝……ゆずり葉　芽吹き伝える　愛しき水の島　ああどうか掌広げて　こぼれゆく雫……〟

昼夜逆転か。なら。今、起き出してきたのだろう。登はエリと話してみたいと思った。そこらを散歩してくるよ。言うなりスケッチブックを手に上の家に向かった。

歌っていたのは、長い黒髪を後ろで束ねた部屋着姿の女性で、縁先の畑にしゃがみ、白い小さな花を摘んでいた。

「やあ。ごきげんだね」と声をかけた。

「あら。お早う、じゃなくて、もう、こんにちは、ですね」

女性はこちらを見ないまま答える。そしてその白い小さな花を顔に近づけて香りを嗅ぎながらつぶやく。

これはカモマイル、お母さんのようなハーブ。周りの植物まで元気にするの。午後のお茶にぴったりね。ここで女性は顔を上げ、「あら、下の家のおじちゃんかと思ってた」と言いながらはにかんだ表情で立ち上がる。小柄で、化粧っ気のない顔、切れ長の目にちょっと険がある。

登は、下の家の長男で、これまで東京で働いていたが、くたびれたので帰ってきた、と自己紹介した。すると女性は表情を和らげ、「おばちゃんがいつも自慢してる、絵の天才のにいさんね」と言って、ちょっと首をかしげる。「そんなんじゃないよ」登は否定した。「れんげそう畑で寝転んでいられれば最高の幸せって人間さ」。すると女性は「おや、あたしとまったく同じ。不思議ね」と言ってウフフフと笑い声をたてる。そして言う。「この辺一帯、ピンク色のじゅうたんだったのよ、この春も。ね、あたしの一番好きな俳句教えたげましょうか？」

また首をかしげ、続ける。

「それはね『野に出れば　人みなやさし　れんげ草』って言うの」

「何かで読んだことあるけど、誰の句だっけ？」。「知らない。誰だっていいじゃない。作者なんて」。ここでまた楽しそうにウフフと笑い、こちらが訊ねもしないのに「おばちゃんからもう聞いてると思うけど」と前置きし、「あたしは上田エリ」と名乗り、今の心境などを問わず語りにしゃべりだすのだった。

自分は育ち損ないの上、機械文明にあやうく潰されかけた人間だ。それというのも、卒論をまとめるのに役立つだろうと思ってパソコンを買ってもらったのが始まりだった。そしたら勉強はそっちのけでツイッターだのブログだのに嵌まってしまい、その上飽くなき知識欲と好奇心も加わり、こんどはいろんなサイトを覗いてみるようになった。そうなると学校に行く時間も眠る時間もなくなって生活のリズムがどうしようもないほど狂ってしまった。だが、この百合谷郷に移り住み、自然の中でハーブやバラを育てるうち今度はこっちに病みつきになって嬉しい悲鳴をあげている。穴を掘って苗を植え付けると、このハーブというのは放っていてもぐんぐん大きくなるから不思議だ。その逞しい成長ぶりを真近に見ていると、生きてるってこんなにいいことだよ、と励まされている気がする。

「こんなわけで、卒論にはいまだ手付かずの状態よ」とエリは首をすくめる。ただパソコンによる顔の見えない人たちとのとめどない文字の交信からは距離をおくことができている。「憑き物が落ちたみたい。不思議ね」と言うので、登は「それはよかったね。で、卒論は何をテーマに書くつもりだったの」と訊いてみる。するとエリは、あらかじめ準備をしていたかのようにすらすらと、「日本の女の物語の歴史をひもとくつもりだった」と答えてくれる。中でも一番身近に感じているのは「堤中納言物語」の中の「虫めづる姫君」で、しっかりした自分の考えを持っているところがいい。

「ふうん。それって、男より虫を愛する姫の話だったかな？　エリさんもやっぱり虫が好きなの？」。登が問うと、エリは頭を小さく横に振った。そしてちょっとぎこちない笑みを浮かべて答える。百合谷郷は田舎で、街から来るたびに蚊に刺されたり蟻に噛まれたりで、子どもの頃は行きたくない所だった。しかしここに住むようになってから虫たちがたまらなくかわいくなってきた。育てる花には必ず虫が寄ってくる。蝶もとんぼも蜂も蟬も皆、一生懸命生きていて、「生きているだけでこの世は楽しい」と生を謳歌しているように見えた。

「そう。わたしは今、子ども時代を生き直してるのよ」。言うなりエリは両手を空に向かって突き上げ、大きく伸びをした。そして晴れ晴れした声で続ける。なぜなら、大学に入るまではずっと勉強に追いまくられ遊ぶ暇がなかった。しかし、ここに住んでいると四季の自然と自分の体が照応し、人間も生きものの一種であることに気付く。と言うより、自然の方からアプローチ、抱きしめてくれる。

「同時に、必ず死ぬ存在としての自分も見えてきたのよ。命の短い虫たちを観察するうちに」

ここでエリは何を思ったのか、あれこれのハーブの葉や花を摘んではその香りを嗅ぐ仕種をしながらどこかで聞いたような台詞を芝居がかった口調で暗誦し始める。

〝……これがまんねんろう、あたしを忘れないように——ね、お願い、いつまでも——お次が、三色すみれ、ものを思えという意味。あなたにはおべっかのういきょう、それから、いやらしいおだまき草。あなたには昔を悔いるヘンルーダ。あたしにもすこし。……〟

聞いているうちに「ハムレット」の中のオフィーリアの台詞だと気付く。

一段落したところで登は言ってやった。

「それって、オフィーリア狂乱の場面だよね。それにしては声が元気過ぎるよ。

きみって、『虫めづる姫君』ばかりか、蕾のままはかなく散っていくそんな女性にも惹かれるのかなあ」

するとエリは怒ったように頬をふくらませて抗弁する。「あら、違うわよ。これ、秋の学園祭で演るんだけど、ハムレット役の先輩がわたしをオフィーリアに指名したのよ。だから、必死で台詞、覚えてるんじゃない。だけど、いまひとつ気が乗らなくって……」

そこで表情を固くし黙り込んでしまう。話が途切れたところで登は踝《きびす》を返すことにした。

「きょうはきみに会えてよかった。何か同類に会った気がするよ」、そう言うと、エリもこう返してくる。「登にいさんて初めて会うのにしゃべりやすい人。不思議だわ。あたしの話を聞いてくれてありがとう」。「じゃ、またしゃべろうね」

登は軽く手を振ると坂を下り、百合岳の方に足を向けた。林の奥にある家の墓に参るつもりだった。

五

墓に向かう山道を行くと、近くの藪《やぶ》でうぐいすが、ホー、ホケキョウ、勢いのある高音を張った。ホー、ホケッキョーウ。この上なく良い囀《さえず》りについ身震いして立ち止まる。情熱を抑えているような杉の老木の手前に広がっているのは鬼百合の群落だ。すっきり伸びた茎や葉にりんりんと逞しさを漲《みなぎ》らせているが、花の季節にはまだ間がある。足元に目を移すと、雪の下やどくだみ、ゲンノショウコなど祖母が重宝し利用していた薬草が至る所に生えている。長い不在のあとで出会うこれらの植物の何とつつましく美しいことよ。

墓所の近くまで来ると、背丈近くまで伸びた草を草刈り機で刈っている男たちがいた。木に絡みついた蔦を断ち切っていた男が登に気付いて、登くん、帰っとったとね、と声をかけてきた。髪がすっかり白くなった拓実の父親だった。ご無沙汰ばかりで、と頭を下げる。他の男たちも手を休めて、久しぶりだね、と目を細める。皆、幼い頃から知っている顔ばかりでひとしきり挨拶の言葉が飛び交う。見回すと、墓石の数がかなり減っているのに気付く。聞いてみると、この百合岳はダムの付け替え道路を通すため崩される計画で、事業主の県は隣の山に代替墓地を造成した。補償金をもらい百合谷郷を去った人たちがそこへ墓を移したからだという。

墓参りを済まし、ひょいと向こうを見ると、拓実の家の墓の前で合掌している年配の女性の姿が目に入った。拓実の母親のようだが、それにしては別人のように小さくしぼんで見える。その憔悴した表情に、胸騒ぎを覚えつつ目を離せずにいると、側に寄ってきた男が小声で言った。

「彼がああいうことになってから、毎日参りに来よる」。彼とは誰のことか？　まさか……それに、ああいうこととは……登が胸の動悸をおさえきれずにいると、男は続ける。「ダム反対の大事なメンバーをわっしらは失った……」。そこで言葉を途切らせると、別の男が怒ったような口調で続ける。「ありゃ欠陥車による事故やった。許せんよ。駐車中に炎上するような車を造って売る。その大企業M社の罪たい」

やりとりを聞いて登は、頭に一撃を食らったような気がした。何だと？ 拓実がもうこの世にいない？ そういえばその消息を訊ねた時の和可の反応がどうもおかしかった。

しばらく登はぼう然としていた。機械人形のようにぎくしゃくした足どりで拓実の父親の側に行く。何も知らずに……と、悔やみの言葉を述べる。

そこへ「あんたは拓実さんの同級生だったよね」と言いながら公民館の横に住む男が近付いてきた。そしてその夜の事故のことを語り始める。

毎月、第一日曜日は消防団が消防車の点検をする日で、早春のその日、いつものように石木川で放水点検をした後は詰め所での酒を飲みながらの寄り合いになった。話題は毎回ダムのことだったがその夜も、百合谷郷を守るには自分たちがもっとしっかりしなければ、と大いに気炎をあげた。お開きにしたのは午前0時頃だったが、一級の電気工事士の免許を持つ拓実は仕事も多忙で、次の日、早朝から佐世保に出張する予定だった。酒が入っていたのですぐに運転できず、後部座席で一眠りしていたらしい。その一時間後、車が炎上、帰らぬ人となった。何ということか。拓実が乗っていたのは、燃料タンクなどの不具合で炎上事例があちこちで発生、リコールの届けが出ている車だった。

「拓実さんは男も惚れるよか男やったよね。優しさが溢れ出るというか」と男は涙声になって続ける。おまけに大変な努力家で、利水、治水の面で本当にダムが必要か、自分で徹底して調べ、誰にもわかりやすい資料にまとめてくれたし、イラスト入り、古里讃歌の大看板を作り、石木川沿いの田んぼに立てたのも彼だった。彼は、佐世保市の利水のためにわが古里が水底に沈むのは理に合わない、と強く反発していた。また、佐世保出張の折の見聞からきたのだろうが、防衛省からの要請があって、県と佐世保市はダム建設を断念しないのではないかと最近は疑うようになっていた。確かに安保法制のもと、佐世保の自衛隊が今、最前線の拠点に様変わりしつつあるが、「そういう将来を見越して行政は、水が足りない、と呪文のように繰り返している」と彼はその夜も息まいていた。

聞きながら登は唇を嚙みしめていた。

そうだったのか……それにしても信じたくないような酷い死だ。涙をこらえ、「しばらくこっちにいますのでよろしくお願いします」と頭を下げその場を離れた。おぼつかない足どりで山道を戻りつつ登は、あたりの景色が次第に翳《かげ》っていくような気がした。

百合岳のふもとのこの辺は幼い日、時を忘れて拓実たちと駆け回り遊んだ場所だ。この山のどてっ腹にも旧海軍工廠のトンネル跡があり、よく真っ暗な中に入って探検ごっこをした。そこは真夏でも冷んやりとして天井からは大粒の雫がいつもぽたぽた落ちていた。少年期になって秘密の打ちあけ話をし合ったのもその中でだった。また、蔦をからませて道端に沿って立つかなりの長さ、高さのコンクリート塀も疎開工場の跡だが、三メートルもあるその塀の上で逆立ちをして見せた腕白ざかりの拓実の姿が浮かぶ。いわば百合谷郷は、全体が旧海軍の戦時遺構ともいえる所で、だからそこで生まれ育った登たちは祖母たち先人の話もあり、戦時を疑似体験したとも言える。そのせいでもないだろうが、佐世保で見聞きする戦時の気配に、大量の水の需要を感得、不快感を募らせていたというのはわかる。佐世保市民が求めているからではなく、戦争する国づくりの一端を担うためのダム造りだとすれば、力づくで住民を追い出し、田、畑、宅地を奪うやり口が戦時とそっくりにもなってくるのかもしれない。

拓実よ、きみはほんとうにもうこの世にいないのか。運動能力抜群で、何事にも前向き、あんなに生きたがり屋だったきみがもうこの世にいないなんて信じられないよ。

拓実の不在をまだ実感として捉えきれない登はそうつぶやき、自分の右手が動くままに戦事遺構のトンネルや蔦の絡まるコンクリート塀をスケッチし始めている。そして画面の隅に、利かぬ気の拓実の顔を描き入れる。強制測量の時、排除する機動隊員の腕に嚙みついている場面だ。

あの時、不気味なほど冷酷な面差しのその若者の顔が急に崩れ「いたたた。すっぽんみたいな小僧だ」と泣きそうな声をあげたのはついきのうのことのように鮮明だ。子どもの頃の拓実は三人のうちで体が一番大きく、何をさせても群を抜き恐いもの無しだった。あの時も、駆け足で農道を突き進んでくる機動隊を前に恐ろしさで震えているだけの登を押しのけ、拓実は顔を真っ赤にして「帰れ。帰れ」と叫んでいた。そして長じてからもダム反対運動を継ぎ、牽引力を発揮していたというからさすがだ。

登はスケッチブックを閉じると、拓実の家の田んぼに足を向けた。拓実が立てたという大看板の、ダム反対の檄文と対面したかった。

少年の日、虚空蔵山への登山口の横にあるその田んぼで拓実と取っ組み合いをしたことが思い出される。きっかけはちょっとしたことだった。登の母がきれいな声で本の読み聞かせをしてくれるとつい自慢をしたところ、拓実が、甘ったれだのマザコンなどと言ってからかったのだ。自分の母が侮辱されたようで許せなかった。土砂降りの雨の中、組んず解れつするうち田んぼにころがり込んだ。泥んこになってなおも追いつ追われつしていると頭の上から怒声が飛んできた。

「泥ん中でぬた打ちまわって。いのししかと思うたぞ。倒れた苗は元どおりに直せよ。なっ」

見ると、竹ぼうきを持った拓実の父親が恐い顔でこちらを睨んでいた。

大看板は、その田んぼの端、裏山を背にして立ち、白地に真っ赤な文字が踊っていた。

〈ホタルの里を奪うな〉
〈許せない　己が水甕　他所頼み〉

〈さよなら　ダム　わが古里は永遠に〉

登は、血書のようなその古里讃歌に心が揺さぶられた。看板の下方には、あかんべいをしている三人の子どものイラストが描いてある。頬が赤く逆立った髪、目玉の飛び出ているのは拓実だ。小太りで女の子のように優しい顔立ちの子は和可で、痩せて遠くを見ているような目つきの子は登のつもりか。この看板を描きつつ拓実は懐かしんでいたのだろう、百合岳のふもとを跳び回っていた幼い日のことを……。登はいつまでもその大看板から目が離せなかった。

六

日が沈む頃に家に戻ると、玄関のたたきにはびっしり男物女物の靴や草履が並んでいた。奥からは賑やかな話し声も聞こえてくる。

何事ね？　キッチンで忙しそうに冷蔵庫を開けたり閉めたりしている母に訊くと、月に一度の地区の食事会を我が家でやることにしたのだそうだ。ダムの話し合いをするのが目的だが、田植えを手伝ってくれた人を招んでふるまう「早苗《さな》饗《ぶり》」と、もう一つ、登の「お帰りなさい会」も兼ねているのだという。

「えっ。僕の？」。ちょっと気恥しいが、どこの家の誰が帰ってきたとかは、この小さな集落ではまたたく間に広がる。座敷をのぞくと、折り畳み式のテーブルが広げられ、父がコップや皿を並べていた。登に気付くと、こちらを一瞬注視し、無言でうなずいた。隅の方にエリがかしこまって座っているのを見て、あれ、彼女まで来ている、と思いつつ、「こんばんは」と挨拶しながら入っていった。皆の目がいっせいにこちらを見る。口々に言う。ほら、よか後継ぎさんの戻って来らした。頼もしかねえ。まあ、お父さんの若っか頃にそっくりになって。ほら、ここに座らんね。今夜は登さんの顔が見たくてこんなに大勢集まってきとるとよ。登はちょっと気後れしつつ頭を下げ、エリの横に腰を下ろした。目の前には山菜のてんぷらやいのしし肉のステーキ、こんにゃくの卵とじなどおなじみの郷土料理が並んでいる。

見回すとほとんどが昔から知っている人たちだが、おかっぱ頭の子どもを連れた若い女性は初めて見かける。若年層がエリだけなのは、ほとんどがまだ仕事をしている時間帯なのだろう。

「この山鯨《やまくじら》はわっしが仕留めたとよ」。向かい側に座った元大工の老人がいのししのステーキを指差してしゃべっている。

農作物被害が深刻なので自分は年に五十頭ものいのししを捕獲している。だが、座り込みや裁判でこう時間をとられると猟をする暇がない。それに、と老人はここで語調を変える。「とにかくこのところ県職員の夜討ちが気になって眠れん日が続いとるんよ。やっと寝付いたと思ったら悪夢にうなされ、大声をあげて飛び起きることも度々でね……八木さんはそがんことなかね?」

ちょうど巻き寿司の鉢盛を運んできた父がこれに対し「わたしはそいはなか。

なにもこちらが恐がることはなかでしょうが」と答える。

「それはそうだが、わが家の土地は皆さんより一足先に強制収用されたとですもんね。道を造るからと言って。そしたら県は夜討ち朝駆けで、金ば受け取れ、ちゅうて押しかけて来るとですよ」

「わたしらの団結ば崩そうとしよるとでしょ。ゆったり構えて、会わんことですたい」

そこへじゃがいもの煮っころがしを運んできた母が口を挟む。

「そうは言っても、土地、家屋を取り上げる裁決書は家にも送られてきとるとよ。力づくで追い立てられるかもしれんとにゆったり構えておれるもんね。あんたと違ってわたしも眠れん夜が続いてるとよ」

つづいて子ども連れの若い女性も不安そうな面持ちで言う。

「さっきテレビを見てたら県知事が言ってましたよ。『行政代執行』も選択肢の一つだって。これって、期限までに明け渡さないと、ブルドーザーで家を取り壊すってことですよね」

「なんですって」

元看護師の高齢の女性が身を乗り出す。

「そんな予想はしたこともないし、したくもないわね」

するとその隣にいた、元美容師の女性もうなずく。

「そうよ。十三世帯、六十人もが生活してるのよ。どんなに脅されてもわたし達があきらめなければそんなことにはならない。まず世論が許さないわ」

「ところが、向こうはどんなことでもやってくるからねぇ」

元看護師が、七百人以上の機動隊ともみ合った強制測量の時のことを話し出した。杭を打たせてなるものか、とねじり鉢巻きで座り込んでいる所へ機動隊がわっと押し寄せてきた。警官ともみ合いながら「殺すなら殺せ」と怒鳴った。結果としてゴボウ抜きにされて田んぼに投げ飛ばされた。

「ほんと、命懸けだったもんね」と元美容師もうなずく。あの後、団結小屋を作って二十四時間見張りをするようになった。すると県の職員が来て窓越しに何度も説得してきた。「ダムを造らせてください」。それを皆で声を合わせて突っぱねた。

「わたしらは死んでも立ち退かん。わたしらを殺してまでダムば造らんばとか」

女性が喋る間、うなずきつつ聴いていた父がしみじみとした口調で「その気持ちは今も変わらんですよ」と相槌を打つ。それでどんなに説得されても、この百合谷郷に住み続けたい、と主張してきた。しかし半世紀も経つうち、落ちていく者がぽつりぽつりと出てきたのは残念だ。父がここまで話したとき、「その一人がおれの従兄やもんな」と口を開いたのは、さきほど墓地で拓実の事故のことを伝えてくれた公民館の横に住む男だった。男の話では、建設会社に勤めていたというその従兄は、県の職員の戸別訪問も酒食のもてなしも初めの頃はつっぱねていた。ところが、出張先の対馬に押しかけて来て説得され、おまけに同席した上司にまで「ダムに反対するならクビだ」と脅された。それでとうとう首を縦に振らされたのだった。

「いつの間にか抜けていく人が出てきたのは十年くらい前からよねえ」

隅の方で静かに箸を動かしていたエリの祖母も言う。

かつては二十三世帯がこの百合谷郷で生活していた。それが、つい昨日まで普通にしゃべっていた人が、挨拶もなく数キロ下流の代替地にいつの間にか引っ越していった。

「あん人たちも苦しか選択ばしたとでしょうが……。ダム問題はこの地区の人間関係まで壊してしもうたとよ。わたしはそれが悲しか」

つづいて母がこの里に暮らす喜びを、子どもっぽくさえ聞こえる高い声、天真爛漫な調子で吐露する。

「わたしはね、毎朝、小鳥たちの鳴き声で目を覚ますの。これはお金には代えられない喜びよ。だから、いくら積まれても、どんなに脅されても、わたしはここを一歩も動きとうなかと」

すると、子ども連れの若い女性も「あたしは佐世保の街の路地裏で育ったんですけど」と低い声で語りだす。

ここに嫁いで、石木川のせせらぎの聞こえる所で子育てができ、日々幸せを噛みしめている。今、子どもたちに合鴨を育てさせているが、後になり先になり道を渡って川へ遊びに行き、夕方にはまた一緒に帰ってくる。その様子がとてもかわいくて見飽きないし、最近は仔山羊も飼い始めた。空気も水もきれいで、米も野菜も自給自足、今の季節には何千匹もの蛍が舞う。先日の「ほたる祭り」にはあちこちから何百人もの人が集まってきた。ここは自分たちの古里というより永久に残したい皆の桃源郷だと思う。

「あのう、わたしってとっぴなことを言ったりしたりする女の子なんですけど」

若い女性の話が終わるのを待つようにしてエリが口を開く。こんな自分を百合谷郷の人たちは温かく受け入れてくれ、生きる力を育んでくれた。ここに住むようになって、日に日に解き放たれていく自分がいた。決して無理はしていないのになぜだろうと考えてみて、ここでは皆が力を合わせて一つの目的のために闘っているからだと気付いた。年取った祖父や祖母たちがまるで青年のように若々しく現実に立ち向かっていた。「負けそう。こうしてはいられない」と思い始めた。それで自分も祖母と一緒に座り込みに加わってみた。体力も胆力もとてもまだ祖母にはかなわない。しかし、体を動かし、住民を苦しめる者に抵抗しているんだという爽快感を味わえたのはよかった。

「どう考えても、この秋までに農地も家も明け渡せだなんてひどいです。主権在民、民主主義に反してます。人には居住権があるでしょ。わたし、ここに居続けるためなら何でもやりたい気持ちです」

よく通る声をすぐ横で聞きながら登は、これは立派な決意表明だ、と感心していた。エリが喋り終わるとあちこちで拍手が起こる。登も「なんか活を入れられたみたいだな」とぼやきつつ拝むように手を合わせていた。

この時だった。いつの間にか座に加わっていた拓実の父親に斜め前から声をかけられた。

「登くん、あんたも負けんごと何かしゃべらんかい」

ほんと、今夜はあんたの歓迎会のようなもんばい。そうそう。何人かの声にうながされ、登は、ちょっと考えてからこんな言葉があふれ出るのにまかせていた。

「帰れる古里があって僕は幸せです。でも来年は、どうなるのかなあ。何がやれるのか、わかんないですけど、間に合ってよかったというか……」

そこで言い澱むと、「期待しとるばい絵描きさん。わが百合谷郷の元天才」

元大工の老人のからかうような言い方にちょっとむっとしたが、ま、何とでも言え、と聞き流すことにする。

「さ、そろそろ裁判の打ち合わせを始めましょう」。入口のところに控えていたどっしりした体格の総代さんが印字したA4紙を配り始めた。見ると、ダム事業の認定取消しと工事の差し止め訴訟、二つの裁判の経過報告と次の口頭弁論の期日が記してある。総代さんのおっとりした声が響き始める。

「われらの住む百合谷郷は、昔から恐れられた崖崩れ、土石流などの『山潮』が皆無の住みよい所です。町に下るにも車で十分、おいしい水の湧く、空気の甘い、まさに一等地に住むわれらは誰一人、ここを出て行きたいとは思っていません。ところがその辺のがらくたのようにですよ、われら住民を追い出す手続きはすべて済んでます。だからと言って、ここに住み続けたいわれらは、納得できないものに従うことはできまっせん。そもそもこのダム建設は地元と同意の上でしか着手しない、と県は約束していたのにですよ……」

聞きながら登はうなずいていた。総代さんが言うように、住民をだまして推し進め、おまけに佐世保市の水需要の予測が過大で川棚川も氾濫しないよう、すでに改修されているのなら、このダムを造る必要はない。それにダムが出来れば、自分たちの家や農地が奪われるだけではない。蛍が乱舞するこの美しく豊かな自然が失われるのだ。

折しも窓の外の暗闇から子どもらの歓声が聞こえてくる。捕虫網を振り回し蛍を追っているのだ。登は子どもの声に吸い寄せられるように立ち上がり窓辺に立つ。見つめる闇にその蛍の群れが流れ星のような黄金色の弧線をいくつもいくつも描き出している。鳥肌が立つような感動を覚え、つい感嘆の声を上げている。

「わあ、蛍の数のどんどん増えよる。ダムは造るなって、怒って集まって来よるとばい」

この時、ポケットの携帯電話がツッピー、ツッピーと山雀《やまがら》の鳴き声の呼び出し音を発し始めた。

七

電話は和可からだった。仕事が早めに終わったのでマイカーで駆けつけた。駅の近くまで来ているから、出てこないか、と言う。商店街の中程にあるスナック・バーで会うことになった。

中に入ると、テーブル席に付いた和可は、何やら考え事をしている風情で頬杖をつき、小さな手帳を広げていた。

「久しぶりだね」と言いながら向かいの席に着くと、和可は相変わらずの童顔に少し疲労を滲ませた顔を上げ、「身体を悪くしたって？ そう言や、顔色悪いな。どんな具合なんだ？」と開口一番訊く。登は悪夢に悩まされて安眠できない話をした。すると和可は「ふうん。そういうことか。だが、俺なんてもっと恐い夢を見るよ」と言う。

「あの事故以来だよ。車が炎上し、火達磨になる夢なんだ」

それを聞いて登は胸のあたりに物がつかえたような気分になった。

「聞いたよ。拓実のこと……。なんで俊敏だったあいつがそんな目に遭わなきゃならないんだよ」

登が言うと和可は神妙な面持ちでうなずき小さな吐息を漏らした。そして独り言のように喋る。

その事故を知り、社会面の死亡記事を書く時は手が震えて涙が止まらなかった。日頃、彼は「マスコミはダム反対の運動を小さくしか取り上げない」と批判していた。とかく事業主である行政寄りのニュースが流れがちなのに苛立っていたのだ。それで書いた記事について言い合いになったこともあったが、事故の当日も彼から電話がかかってきた。「今夜会おう」と言われたが、自分は生返事をし、ちょっと考えてから、「またの機会にしよう」と断った。すると彼は、「この追いつめられる苦しさはここに住んでる者にしかわからんのかなあ」と寂しそうにつぶやき、電話は切れた。それが彼の声を聞いた最後になった。あれから三ヵ月経つが、まだ彼の携帯の番号を消去できないでいる。今でも思うのは、あの夜会う約束をしていれば、彼は佐世保に来ており難を免れていただろうということだ。だが、あの日も仕事に追われていた。陸自相浦駐屯地に「水陸機動団」が編成されてまもなく一年で、佐世保支社では「変わりゆく自衛隊」として特集記事の準備をしていた。この機動団は海から陸へ攻撃を仕掛ける水陸両用強襲車輌を備えている日本版の海兵隊と言えるもので、自分には専守防衛を越えた装備、部隊だと思えた。それで元自衛官などを訪ね、いつになく熱を入れて取材しているところだった。また、佐世保港に突き出た半島、崎辺地区も新しく整備されつつあり、そちらの取材も気が抜けなかった……。

彼に会わなかった理由をしきりに言い訳する和可に、登は言ってやった。

「きみが大事な取材に追われていたのはわかったよ。拓実の事故はきみの事情とは関係ないよ」

そして拓実が懸念していたらしいことを口にする。数千人規模だという部隊とその家族が入市して来れば当然人口増になるし水の需要も増えるだろう。艦艇への水の補給も新たに出てくるかもしれない。もしかしたら、防衛省の、有無を言わせぬ要求を県や佐世保市は突きつけられているのではないだろうか。

「わからないな、そんなこと。とにかく公共事業ってのは、一度決めると盤石の如しなんだよ」

　和可はそう答えて眉をひそめたが、ちょっと間をおいてこんなふうに持論を披瀝し始める。そもそも佐世保は米軍の強襲揚陸艦の母港であり殴り込み部隊の基地だが、最近、居住する米軍関係者の数が占領期を除き過去最高に増えている。そこへ新たに水陸機動団が配備されたということは、今後米軍とともに出撃できる最前線の基地が出来たということだ。何かがあった時、水の需要がドッと膨らむ可能性はある。

「県、国の石木ダムへの固執はすさまじいからね。その恐るべき影を窺うに、そういう推理も成り立つかもしれないな」

　ここまでしゃべると和可は、また何ともいえない表情を浮かべてゆっくり頭を振る。そして「それはともかく」となおも拓実の事故のことを悔やむのだった。

　その日、三月の初旬といえばまだ夜は冷え込むし、調べたところ暖房を入れて寝ていたそうだ。そのためエンジンがかかっていた。酒も入っていたそうだし、後部座席で眠り込んだところでその欠陥車が燃え上った。

「M社からは五万円の見舞金がきたそうだが、そんなことですまされちゃたまらないよね。それに今も気になっているのは」

と、ここで和可はひそひそした小声で続ける。

頼みの綱にしていた裁判も第一審で敗訴判決が出たし、古里に住み続けたい思いが人一倍強い拓実は相当落ち込んでいた。睡眠障害で、このままでは仕事に影響が出る、とぼやいてもいた。

「なのに俺、彼の話をじっくり聞いてやろうとはしなかったんだ」

そこでまた小さな吐息を漏らし表情を暗くするのだった。

登は何とも答えようがなく、ただ目の前のビールをたて続けにあおるしかなかった。

壁に貼ってある虚空蔵山の写真を見るともなく見ていると、「あらあら、どしたの？　二人ともそんなしょげた顔をして。こっちまで気鬱になっちゃうじゃないの」と、カウンターの内側からマスターのゆったりした女言葉が飛んできた。見ると、顔の造作が大きく押し出しの立派な中年の男性である。「ねえ。いつまでくよくよ悩めば気がすむのよ。そんな態度、拓実さんの供養にはなんないわ。あんたたちは生きてるのよ。それだけでも凄いことでしょ。ありがたいと思って元気出しなさいよ。ねっ」。すると和可は、そちらの方を斜めに見やり「地獄耳だな、相変わらず」と言って小さくうなる。「だって、これはあたしの美点よ。ね、お二人は久しぶりに会ったみたいだけど、まず、再会のお祝いでも景気よくやったらどうなの。そして肝心の石木ダムの話をしなきゃでしょ」。「それもそうだな」。ここで和可はアハハハと笑い声を上げ、登のコップにビールを満たしながら言う。「ここのマスターはね、いつもいい助言をしてくれるし、ネタも提供してくれるんだよ。確かに、悩んだからって拓実は戻ってこない。な、登、そうかもしれんよな。じゃ、ここできみに訊いてみていいかい？　久しぶりにさ、百合谷郷に帰ってきての印象はどうだい？」

「そう改まって訊かれてもなぁ」と登はぼやく。「ま、寝ぼけ面をぽかっ、とやられた気分だよ」

　とにかくそこに住んでいる六十人もの住民を力づくで追い出そうなんてこれまで聞いたことがない。西の果ての片田舎で起こっているこんな人権侵害を許せば、同じことが日本中に広がるのではないか。祖母の話では、強制的に土地家屋が奪われたことは確かに戦時中にはあった。しかしまだ今は平和憲法を持つ民主主義の世の中のはずだ。

「だからカズ、石木ダムのこと、住民の立場でしっかり報道してくれよな」

　登がそう締めくくると、和可は「またぁ、拓実と同じこと言うなよ。お前こそいつまで居るのか知らんけど、古里のためちょっとは動けるんだろうな」と突っ込んでくる。

「まあまあ。せっつくな。こっちはきょう帰郷したばかりの傷病兵だぞ」

　登は守りの姿勢を崩さない。

「ああ、そうだったな。すまんすまん」

和可はここでジンジャーエールを注文すると、独り言のようにダム建設への疑問を口にする。

自分の場合、親はもういないし、妻は都会好きだ。古里に戻ることはない。しかしダムを造るのには絶対反対だ。蛍舞う日本の原風景は子孫のためにぜひ遺したい。大雨の時、ダムから放流、洪水になった例を聞くし、石木ダムが出来れば、大村湾に注ぐ川の水の質が落ち、魚介類にも影響を及ぼすだろう。おまけにダム建設の費用は税金として後々まで払い続けなければならない。

「なんとしても知事が行政代執行をしないよう願っているよ」

和可はこう結ぶと、ジンジャーエールにちょっと口をつけ、続ける。

「拓実の場合は事故死だったけどさ、古里を追われたら生きられない人もいるかもしれない。いや、いると思うな。老人でなくとも……。そんな住民を力づくで排除するなんてことは絶対にしちゃいかんよね」

登はうなずきながら聞いていた。古里がなくなれば自分も生きる支えを失うことになる一人だと思った。

いつか、自分だけの思いに登は浸っている。まだ若いつもりでいるうちにもう四十五、不惑の年になったと思うとぞっとする。この年になるまで自分は何と取りとめのない生活を送ってきたことか。祖母の死で、人は必ず死ぬことを実感したが、まさか同年の拓実がそんな酷い死に方をしたとは……。いつ何時、何が起きるかわからないということだ。そうであれば、残りの人生、少しでも悔いのない日々を過ごしたいものだ。

こんばんは。入口で声がして年配の男女が数人入ってきた。蛍狩りの帰りだろう。麦わらで編んだ小さな蛍籠を手にしている。あたりが急に賑やかになる。

「そろそろ出ようか」と和可が腕時計を見ながら言う。これから車を運転して佐世保の自宅のマンションに帰るのだそうだ。バーを出ると、「じゃ、近くまた」と言って握手を交わす。

「どうだい？　今夜も戦車に轢かれる夢を見そうかい？」と訊くので、

「さあ。カズが水陸機動団の話をしたからなあ。もっと恐い夢を見そうだよ」

と答えてやった。

和可を見送り、駅前の商店街を行くと、あたりは閑散として人通りもなく、時折通勤帰りらしい乗用車が走り抜けていくだけだ。タクシー乗り場に向かいながら思った。拓実とのそういういきさつがあったから和可は今夜、無理をして時間を割いてきたのかもしれない。

八

登はいつの間にか子どもに還っていた。そして今、夢を見ているのだということもわかっていた。側には真っ黒に日焼けしたガキ大将の拓実がいる。泣き虫で太っちょの和可もいる。三人は代わる代わる川に飛び込んで遊んでいた。日の光は眩しく、水にもぐると魚がいっぱい泳いでいた。一緒に泳ぐうち、自分も魚になっているのに気付く。いつかあたりが赤い夕日で染まる。家に帰らなきゃ。陸に上がると、拓実たちがいない。きょろきょろしていると、近くの木の枝に止まっていた小鷺が「暗くなるばい。急がんと」と拓実の声で言った。「和可は?」と訊くと「先に帰ったばい。山に」と答える。ここで登は自分も小鷺の一羽になっているのに気付く。両の翼を思いっきり羽ばたかせて宙に浮く。夕陽を背に虚空蔵山に向かって飛ぶ。目の下には百合谷郷の集落が赤く染まって広がっている。

いつか夜になっていた。幾筋もの金色の帯が目の前をよぎり始めた。蛍だ。「ようし、今度はほたるになろで」。拓実の一声で、蛍に変身、わが身体が一つの光源になったのがわかった。まわりの蛍たちよりちょっとでも長く、目立つように光り続けようと躍起になる。どれくらい時が流れたのだろうか。

〝ピーリーリー、ポイヒーピピ、ピールリ〟

何とも言えない美しい小鳥の鳴き声がどこからともなく聞こえてきた。この鳴き声は、もしや……と思い、登は目を開けた。そっと起き上がる。カーテンの陰から網戸の向こう、柿の木のてっぺんあたりに目をやる。おお。おお。登は感嘆の声を上げていた。突き出た枝先でさえずっているのは鮮やかな青い羽根の小鳥、大瑠璃ではないか。この夏鳥、上流の谷沿いの林では時折見かけたが人家の庭先に来るのは珍しい。食い入るように見つめていると、さっと飛び立ち、あっという間に視界から消えた。

ああ、美しいものを見た、と目を瞬く。まだ夢の続きではないのか。昨夜は、かつての子ども部屋で寝たせいか、柄にもなくメルヘンチックな夢を見た。魚や鳥、虫になって遊ぶ夢だったが死んだ拓実が見せてくれたような気がしてならない。自分はこの世からいなくなっても、いろいろな生きものに姿を変えて今も生き続けているよ、と言いたかったのではないだろうか。そう思うとたった今、柿の木の枝先で鳴いていた大瑠璃も拓実だったような気がしてくる。居間に下りていくと、誰もいなかった。父も母も座り込みに行ったらしい。百合岳の向こうからはやはり、ガタンガタンゴロゴロ、と付替道路の工事現場の音が聞こえてくる。現実に引き戻され、不安と焦りがせり上がってくる。

　あの音が日に日に近付いてきてブルドーザーが我が家を押し潰すというわけか。それを自分は手をこまねいて見ているだけなのか。ここに住むからにはそれでは済まされないだろう。しかし自分はひ弱だ。父や母のように身体を張って重機に立ち向かうのには抵抗があるし長時間座り込む体力もない。なら、何だったら出来るのか。すぐにはよい考えも浮かばず頭を抱え込む。内から湧き上がってくるのは、さっき目にした大瑠璃をもう一度見て、どんな音楽にも勝るあのさえずりをまた聴きたい、ということだ。ま、帰って来たばかりだし、きょうのところはこんな自分でも許されるだろう。そそくさと朝食をすませると、双眼鏡と小型カメラを上着のポケットに突っ込み、家を出た。石木川に沿ってゆるやかな坂道を上がっていくと、登山口近くに清水の湧き出る所があり、「虚空蔵の水」という木の標識が立っている。水汲みの車が数台並んでおり、登も立ち寄って備え付けのひしゃくですくって飲んだ。やっぱり虚空蔵山で育まれた水は旨い。人心地がついたところでさらに上がっていくと、上の集落のおばさんが畑仕事の手を休めて声をかけてくる。

「どけ行くとね?」。登は「青い鳥を探しにさ。今朝、大瑠璃を見たんだ」と答える。おばさんは、「あれ。さっきもそう言って登ってきた人がいたよ。二人連れだったけどね」と言って笑った。

しばらく歩き、両岸に猫柳がびっしり生えている所まできた。日陰の岩に腰を下ろして待つことにする。

通りがかりの車が止まり、車窓が開いた。

「登さん、暇んごたるね。座り込みに来んね」

声をかけてきたのはいのしし猟を手がけている元大工の老人だった。登は照れ笑いを浮かべて、「そのうち行くよ。今は充電中」と答えた。「あんたはたぶんずっと充電中じゃろ」。相変わらず耳に痛いことを言い、ハッハッハッと笑いながら老人は首を引っこめた。

今に見ていろ。心の中でつぶやくと、立ち上がる。小石をひとつ拾い、ぽんと向こう岸へ放る。仕事に追われることなく、ただ何かを待っている時間の何と豊かで幸せなことか。そのうち登は頭の中のカンバスに一枚の絵を描き出していた。

山の端から真っ赤な太陽が顔を出し、百合谷郷の集落がだんだん明るくなると、一面の緑の中に石木川の清流が細長い蛇のようにうねっているのがくっきり浮かび上がってくる。一番上流の橋を渡った所に二階建てのしゃれた洋風の家がある。拓実の生家で、彼の父親が自分の山から材木を切り出して建てたものだ。車に乗り込もうとしているのは拓実の兄さんだ。夜明けとともに佐世保の造船所に出勤する。かと思うと、そのすぐ下の田んぼでは早起きの父親がもう水の調整か何かをしている。田んぼの端にはもちろん、拓実が立てたあの血書のような文字の踊る大看板がある。少し下流のわが家でも父が出て来て田畑の見回りを始める。エリにはハーブ畑で歌を歌わせようか。ありとあらゆる生きものたちの生の讃歌が聞こえてくるような絵に仕上げたいが、その生きものの一種である人物は蟻のように小さく描くのだ。そして朝日を浴びて赤味がかった風景の中に幸せの象徴の青い鳥を画面のあちこちに配置しよう。題は「青い鳥のいる里」というのはどうだろう？　もちろん、川の魚や虫たち、名も知らない草花も描き入れる。それらはいずれも大きく大きく描こう。

仕上がりはどうも子どもの絵のようになりそうだが、登の絵は昔から少しも変っていないのかも知れない。画家になろうと思い立ち夢が破れた後も心の内にはいつも描きたい絵があった。それは古里の自然を俯瞰で網羅したものだ。身も心も古里で育まれたと改めて実感している今、内面化している虚空蔵山や石木川に生息する生きものたちを余す所なく描き入れたい。虚空蔵山の頂上には数えきれないほど立ったせいか、地上を離れた浮遊感覚のようなものには覚えがある。

そう、けさ見た夢のように鳥になったつもりで空から見た古里を描くのだ。ただ、とここで絵筆を持つ手が止まる。わが古里には、戦時遺構があり、工事現場では大型重機などがわが物顔で動き回っている……。どうもそんな異物は描き入れたくない。頭の中の絵は次第に白紙に戻っていく。

「下の家のにいさんじゃないの?」

この時、元気のよい女性の声がした。そしてすぐ近くの木の影から姿を現したのはピンクのTシャツにジーンズ姿のエリだった。

「熱っぽい目つきで、ぶつぶつ言って、ここで何してんの?」

そういうエリの後ろにはちょっと暗めだが、整った顔の痩せぎすの青年が控えている。なるほど、さきに登って行った二人連れとは彼らのことだったのだ。登はおもむろに答えた。

「かけがえのない宝物、古里の自然をさ、頭の中のカンバスに描いていたところだよ」

「へえ。見てみたいわ、その絵。いつ完成するの？」、エリがはしゃいだ声で問うてくる。

それには答えず、逆に訊いてみる。「昨夜はあんな決意表明をしてたけど、エリちゃん、きょうは座り込みには行かないの？」

すると、頬をふくらませたエリは「だって、青い鳥がこっちに招いたんだもん。それ以前に大学の先輩のこの人も急に訪ねて来るし」と側の青年を見やる。

「僕が急に訪ねて来たって？　きみが『すぐに来てくれ』ってメールしたんじゃないか」

青年はぶつぶつ言ってる。

「だあって、ひらめいたんだもん。いい考えが」。甘えた声でエリは続ける。「それで、来てもらって、起き抜けに見た青い鳥の話をしたのね。だけどこの人信じないの。そんな鳥、いるはずないって。でも、あたしはこの目ではっきり見たのよ。妙なる調べも聴いたわ。そしたら、ぜひ、その鳥を見たいってこの人が言い出して、それで、石木川の源流を目指して登り始めたの。でもこの人、すぐくたびれてしまって。それでちょっと休んでいたところなのよね」

ここまでしゃべってエリは、何がおかしいのかくすくす笑い出す。青年がつぶやく。

「コバルトブルーの宝石のように光る羽根の小鳥がほんとにここらにいるのかなあ」

それに対し即座に登は明言した。

「いますよ。僕も見ました。それで、あなたたちの後を追うかたちになったけど、ここまで上って来たんだ」

「ほうらね。それにしても、にいさんとあたしって似たような行動パターンをとるのね。不思議だわ」

口癖らしく「不思議」という言葉をまた発してエリは首をすくめた。近くの岩に腰を下ろすと、穏やかな目差しをこっちに向け「それで、にいさんはずっと百合谷郷に住むの？」と訊いてくる。

「そうだなあ」。言葉を選びながら登は答える。

これまで古里からは逃げてばかりいたが、心の奥の方ではいつも古里を求めていることに気付いた。帰ってみれば古里人《ふるさとびと》は半世紀以上も前からダム建設反対の闘いをずっと続けていた。一夜明けて、もう知らないふりはできないと思い始めている。父は持病が悪化しているようだし、幼友だちの一人は闘いの果てに事故で亡くなっていた……。遅ればせながら自分もダムに反対する思いを態度で示そうと思っているところだ。

「ということは」

とここでちょっとクビをかしげたエリは、こう畳みかけて来る。

「郷の人たちと行動を共にするということね。座り込みとか裁判の傍聴とか」

それを聞くと登は、ほうっとため息をつき、答える。

「いずれはね。ただ、今のところは、ま、僕がすぐに出来ることといったら、パソコンの交流サイトで支援を呼びかけること。それに、何か催し物をやる時のチラシ作りとかはお手の物だけどな」

ここまでしゃべった時だった。それまでそっぽを向いていた青年が、さっとこちらに顔を向けた。そして急きこんだ調子で言う。

「あ、だったら、早速頼みたいことがあるんすけど」

「何だよ。急に」

最初の印象よりとっぽい感じのするその顔を見つめる。

すると代わりにエリが「じつは、わたしたち、ポスターとチラシをデザインしてくれる人が必要なの」と答えてにっこりする。なぜなら、大学の秋の祭りの演目は、石木ダム反対運動のオリジナル劇に急きょ変更した。工事現場での座り込みや裁判で住民が陳述する場面もある。側にいるこの青年が台本を書き、演出をし、ダムに反対する地権者の主役を演じる。そしてエリはその妻役を引き受けるつもりだ。

「『ハムレット』よりこっちで行こうって、わたしがたった今提案し、受け入れられたの。ダムに反対する闘いの歴史であるとともに夫婦愛の物語でもあるのよ、これ。ここまで歩いてくる間に決まったのよ。ねえ」

とても良い笑顔で青年を見上げる。素早い展開だ。さすが若い者は違う、と感心しつつ登は弾んだ声で答えていた。

「古里の闘いを演じるって？ そんな芝居の手助けなら喜んでやらせてもらうよ」

ポスターには、今、頭の中に描いた絵を使わせてもらえば幸いだ。あつらえ向きにその絵のあちこちには幸せを呼ぶという青い鳥を配している。杉の木のてっぺんとか、林の中とか、沢沿いの崖の窪みとかに。この絵は古里讃歌であるとともに、ダム反対に情熱を傾けた今は亡き幼なじみへの鎮魂を込めている。

登が得々としゃべっている時だった。

エリが右の手のひらを耳近くに寄せ、何かに聴き入る仕種をする。その人差し指をそっと唇に当てる。登は黙った。この時である。

〝チューピーピー、ピピチュー、ジジ。チューピーチューピー、ジジ〟

たとえようのない麗しい鳴き声が耳に届いた。おお、やっぱり居た。距離はちょっと離れているが、川岸に立つ榎《えのき》の枝の先で、その青い鳥は誇らしげに自分の存在を知らしめしていた。カメラを向けようとすると、すっと鳴き止み、カッカッカッと地鳴きを発しつつ林の中に消えた。

「ああ、幸せだったわ」

感極まった声でエリが言うと、青年も独り言のようにつぶやく。

「一瞬だったけどさあ、自分は羽根の色より鳴き声にうっとりしちゃったなあ」

そしてやおらこちらに目を向けると、「にいさん。その『青い鳥のいる里』早く描いて見せて下さいよ」と言う。

「わかった。すぐに描き始めるよ」

答えながら登は自分がこの古里に居続ける小さなきっかけを掴んだような気が

していた。

参考文献

＊「かたりべ」詩曲　橋本直子
＊「ハムレット」新潮文庫、福田恆存訳

あとがき

これまで私は被爆をテーマにした作品をいくつも書いてきましたが、被爆者ではありません。佐世保生まれの佐世保育ちで、地元の放送局に入社し、編成、報道、営業などの持ち場で働いてきました。そして四十歳の時に長崎に転勤になり、この時から私にとって被爆者の存在が身近なものとして迫ってくるようになりました。なぜなら職場の同僚のあの人もこの人もが被爆者またはその二世だったからです。

思えば、私自身、三歳の時に、佐世保大空襲で逃げ回った経験があり、戦争や核の存在には強い異和感を覚えていました。「人間が、同じ人間を殺す原爆をなぜ作るのでしょう？」と中学生の時、弁論大会で訴えたこともあります。

そんな私が爆心地公園に行くたびにずっと気になっていることがありました。隅の方に「長崎原爆朝鮮人犠牲者追悼碑」が建てられ、掲示板には「原爆で二万人が被爆し、約一万人が爆死した」と記してあるのです。

何でこんなに多数の朝鮮人が犠牲になったのだろうかと疑問を持ちました。調べてみますと、長崎市とその周辺には当時、三万数千人もの朝鮮人がいて、三菱系列の造船所や兵器工場、炭鉱などで働かされ、周辺でのトンネル掘りやダム工事にも就かされていたのです。

日本を狙った原爆でこの人たちも巻き添えを食ったのだと思うと溢れてくるものがありました。朝鮮人被爆者のことをもっと知りたいと思い、長崎駅の近くにある小さな平和資料館を訪ねました。

そこには、明治以来、日本が乗り出していった戦争の足跡が写真入りで展示してありましたが、それは直視するのがつらい内容のものでした。こういう加害の歴史を無視して日本人の被爆のみを強調しても、他国の人には十分伝わらないかもしれないとも思いました。

またこの資料館には、軍艦島と呼ばれる端島《はしま》の炭鉱で働いていた人たちの資料も揃えてあり、被爆以前に当時、日本の植民地下にあった朝鮮人がいかに厳しい状況で酷使されていたかを窺い知ることができました。

たまたま居られた通訳案内人の元英語教師や見学に来ていた韓国人大学生と言葉を交わしたのが、「かたりべ」を書いてみようと思ったきっかけです。

できる限りの資料を読み、端島や原爆資料館、稲佐山公園に足を運び、朝鮮人徴用工たちの姿を追い求めました。そして焦点を当てたのが、十四歳の時にいやおうなしに連れてこられ、三菱・端島炭鉱で働かされた慶尚南道出身の男性です。彼は語り部活動のなかで、「原爆より民族差別の方が恐ろしかった」と語っていたそうですが、こんな言葉がなぜ出てくるのだろうか、その理由を知りたい、と思いました。取材を始めて三ヵ月ほどで書いたもので、不十分なところが多々あるかと思いますが、手にとっていただければ幸いです。

併録の「石木川の畔り」は、半世紀前から続いているダム建設反対運動に材を得た作品です。人が住み、生活している場所を一方的に奪うのは人権にかかわることで、他人事ではありません。今のこの時も体を張って工事現場に座り込み、抗議している住民の側に立ちその思いを汲み取りたいと思います。

二〇二一年五月晴れの日

大浦ふみ子

初出一覧

かたりべ　「民主文学」二〇二一年三月号

石木川の畔り　「民主文学」二〇二〇年二月号

大浦ふみ子（おおうらふみこ）

本名／塚原頌子（つかはらしょうこ）
著書に『火砕流』『長崎原爆松谷訴訟』『ひたいに光る星』（青磁社）、『土石流』『匣の中』『ながい金曜日』『夏の雫』『原潜記者』『ふるさと咄』『埋もれた足跡』『サクラ花の下』『噴火のあとさき』『燠火』（光陽出版社）、『女たちの時間』（東銀座出版社）、『いもうと』（葦書房）、『歪められた同心円』（本の泉社）、『原爆児童文学集』（共著、「和子の花」所収）など。

かたりべ

2021年6月15日　初版発行

著　者／大浦ふみ子
発行者／明石康徳
発行所／光陽出版社
〒162-0818　東京都新宿区築地町8番地
TEL 03-3268-7899　FAX 03-3235-0710

印刷・製本／株式会社光陽メディア
©Fumiko Oura 2021 Printed in Japan
ISBN978-4-87662-629-8　C0093

乱丁・落丁はご面倒ですが小社宛お送り下さい。
送料小社負担にてお取り替えいたします。価格はカバーに表示してあります。